Title I

LOWELL SCHOOL
625 S. 7th ST.
SAN JOSE, CA 95112

"SUCCESS FOR ALL"
Lowell Elementary School

"SUCCESS FOR ALL"
Lowell Elementary School

LOWELL SCHOOL
625 S. 7th ST.
SAN JOSE, CA 95112

RAMONA
LA CHINCHE

LOWELL SCHOOL
625 S. 7th ST.
SAN JOSE, CA 95112

BEVERLY CLEARY

RAMONA LA CHINCHE

edición en español

Ilustrado por Louis Darling
Traducido por Argentina Palacios

WILLIAM MORROW & COMPANY • NEW YORK 1984

Copyright © 1968 by Beverly Cleary. Spanish translation copyright © 1984 by William Morrow and Company. All rights reserved. No part of this book may be reproduced or utilized in any form or by any means, electronic or mechanical, including photocopying, recording or by any information storage and retrieval system, without permission in writing from the Publisher. Inquiries should be addressed to William Morrow and Company, Inc., 1350 Avenue of the Americas, New York, N.Y. 10019. Printed in the United States of America.

10 11 12 13 14 15 16 17

Library of Congress Cataloging in Publication Data
Cleary, Beverly. Ramona la chinche. Translation of: Ramona the pest. Summary: Ramona meets a lot of interesting people in kindergarten class, including Davy whom she keeps trying to kiss and Susan whose springy curls seem to ask to be pulled. [1. Kindergarten—Fiction. 2. Schools—Fiction. 3. Spanish language materials] I. Darling, Louis, ill. II. Title. PZ73.C554 1984 [Fic] 83-23805
ISBN 0-688-02783-0

Derechos de autor © 1968 por Beverly Cleary. Derechos de la traducción al español © 1984 por William Morrow and Company. Todos los derechos reservados. Queda prohibida la reproducción o utilización de este libro en forma alguna o por medio alguno, electrónico o mecánico, incluyendo fotocopia, grabación o cualquier sistema de archivo de información o búsqueda, sin previo permiso escrito por parte de la casa editora. Cualquier pregunta debe dirigirse a : William Morrow and Company, Inc., 1350 Avenue of the Americas, New York, NY 10019, EE. UU. Impreso en los Estados Unidos de América.

10 11 12 13 14 15 16 17

Datos de publicación para la Biblioteca del Congreso
Cleary, Beverly. Ramona la chinche. Traducción de: Ramona the pest. Resumen: Ramona se encuentra con mucha gente interesante en el kindergarten, entre ellos Davy, a quien continuamente trata de besar, y Susan, cuyos rizos flexibles invitan a tirar de ellos. [1. Kindergarten—Ficción. 2. Escuelas—Ficción. 3. Materiales en español] I. Darling, Louis, ilust. II. Título. PZ73.C554 1984 [Fic.] 83-23805
ISBN 0-688-02783-0

CONTENIDO

RAMONA
LA CHINCHE

CAPITULO 1

El gran día de Ramona

—Yo *no* soy ninguna chinche,— le dijo Ramona Quimby a su hermana mayor, Beezus.

—Pues entonces, deja de dar lata,— dijo Beezus, cuyo verdadero nombre era Beatrice, mientras esperaba, parada junto a la ventana del frente, a su amiga Mary Jane para ir juntas a la escuela.

—No estoy dando lata. Estoy cantando y saltando,— dijo Ramona, que acababa de aprender a saltar con los dos pies. Ramona no se consideraba chinche. A pesar de lo que dijeran los demás, jamás se consideró latosa. Los que la llamaban chinche o latosa eran siempre mayores que ella, de modo que podían ser injustos.

Ramona siguió cantando y bailando. "¡Este es un gran día, un gran día!" cantó. Y para Ramona, que se sentía un poco más crecida con su vestido en vez de su ropa de juego, éste era, en verdad, un gran día, el día más grande de toda su vida. Ya no tendría que sentarse en su triciclo a mirar a Beezus, Henry Huggins y todos los demás chiquillos del vecindario cuando iban para la escuela. Hoy ella también iría a la escuela. Hoy iba a aprender a leer y escribir y hacer todo lo que la haría alcanzar a Beezus.

—¡Anda, mami!— la urgió Ramona, dejando de cantar y bailar un momento.—¡No queremos llegar tarde a la escuela!

—No fastidies, Ramona,— dijo la Sra. Quimby. —Te llevaré con tiempo de sobra.

—*No* estoy fastidiando,— protestó Ramona, quien jamás tenía la intención de fastidiar. Es que ella no era un adulto lento. Era una chiquilla que no podía esperar. La vida era tan interesante que tenía que averiguar lo que pasaría después.

En eso llegó Mary Jane. —Sra. Quimby, ¿pudiéramos Beezus y yo llevar a Ramona al kindergarten?— preguntó.

—¡No!— dijo Ramona en el acto. Mary Jane era una de esas muchachas que siempre quería hacer de mamá y siempre quería que Ramona fuera su bebé. Nadie iba a pescar a Ramona haciendo de bebé su primer día de clases.

—¿Por qué no?— le preguntó la Sra. Quimby a Ramona. —Puedes ir con Beezus y Mary Jane, como una niña grande.

—No, no puedo.— A Ramona no la engañaban ni un segundo. Mary Jane le hablaría con esa vocecita tonta que usaba cuando hacía de mamá y la tomaría de la mano y la ayudaría a cruzar la calle y todo el mundo creería que de verdad era una bebé.

—Por favor, Ramona,— la trató de engatusar Beezus. —Sería muy divertido llevarte y presentarte a la maestra del kindergarten.

—¡No!— dijo Ramona al tiempo que pisoteaba. Beezus y Mary Jane se divertirían pero ella no. Solamente un verdadero adulto la iba a llevar a la escuela. De ser necesario, armaría una gritería, y cuando Ramona armaba una gritería, generalmente conseguía lo que quería. A veces las griterías eran necesarias cuando se era la menor de la familia y la menor de toda la cuadra.

—Está bien, Ramona,— dijo la Sra. Quimby. —Nada de gritería. Si no quieres, no tienes que ir con las muchachas. Yo te llevaré.

—Date prisa, mami,— dijo Ramona contenta, mientras veía a Beezus y Mary Jane salir por la puerta. Pero cuando Ramona pudo finalmente sacar a su mamá de la casa, vio con mucho desagrado que una de las amigas de su mamá, la Sra. Kemp, venía con su hijo Howie y traía en un cochecito a la hermanita de éste, Willa Jean. —Date prisa, mami,— suplicó Ramona, que no quería que esperaran a los Kemp. Como las mamás eran amigas, se suponía que ella y Howie se debían llevar bien.

—¡Hola!— dijo la Sra. Kemp, de modo que la mamá de Ramona tuvo que esperar.

Howie le clavó la mirada a Ramona. A él le gustaba tan poco tener que llevarse bien con ella como a ella con él.

Ramona también le clavó los ojos. Howie era un chiquillo robusto con cabello rubio encrespado. ("Qué lástima en un varón, "—decía a menudo su propia mamá.) Llevaba los pantalones de dril azul enrollados y tenía una camisa de mangas largas. No se le notaba el menor entusiasmo porque iba para el kindergarten. Eso era lo malo de Howie, pensó Ramona. El jamás se entusiasmaba por nada. Willa Jean, con su cabello lacio, le interesaba más a Ramona porque era muy descuidada, escupía montones de migajas de galletas y se reía porque se creía muy lista.

—Hoy se me va mi bebé,— dijo la Sra. Quimby, con una sonrisa, cuando el grupito iba caminando por la calle Klickitat hacia la escuela Glenwood.

A Ramona, a quien le gustaba ser la bebé de su mamá, no le gustaba que la llamaran bebé, especialmente en presencia de Howie.

—Crecen muy rápido,— observó la Sra. Kemp.

Ramona no podía entender por qué los mayores siempre hablaban de lo rápido que crecen los niños. A ella le parecía que el crecer era lo más lento del mundo, peor aún que esperar la llegada de la Navidad. Ramona había esperado durante años sólo para ir al kindergarten y la última media hora había sido la parte más lenta de todas.

Cuando el grupo llegó a la bocacalle más cercana a la escuela Glenwood, Ramona se alegró de ver a Henry Huggins, que era amigo de Beezus, de guardián de tránsito en esa esquina.

Después que Henry los había guiado para cruzar la calle, Ramona corrió hacia el kindergarten, que estaba provisionalmente en un edificio de madera y que tenía su propio patio de juego. Las mamás y los chiquillos ya iban entrando por la puerta. Algunos de los chiquillos parecían asustados y una niña estaba llorando.

—¡Ya es tarde!— dijo Ramona. —¡Date prisa!

Howie no era un chiquillo a quien se podía apresurar. —No veo triciclos por ninguna parte,— dijo él en forma de crítica, —ni tierra para escarbar.

Ramona dijo, con algo de desprecio: —Esto no es una guardería. Los triciclos y la tierra son cosas de guarderías.— Ella tenía su triciclo escondido en el garaje porque lo consideraba muy infantil ahora que ya iba a la escuela.

Unos chicos de primer grado pasaron gritando: —¡Bebés de kindergarten! ¡Bebés de kindergarten!

—¡No somos ningunos bebés!— contestó Ramona, a gritos, mientras su mamá entraba con ella al kindergarten. Una vez dentro, se mantuvo junto a su mamá. Todo parecía tan raro y había tanto que ver: las mesitas con sus sillas, la hilera de casillas, cada una con un dibujo distinto en la puerta; la estufa de juguete y los bloques de madera, lo suficientemente grandes para pararse en ellos.

La maestra, que era nueva en la escuela Glenwood, resultó ser tan joven y bonita que sin duda no había sido mayor de edad mucho tiempo. Se rumoraba que nunca antes había sido maestra. —Hola, Ramona. Yo soy la Srta. Binney,— dijo, pronunciando cada sílaba muy claramente al tiempo que, con un alfiler, le ponía

en el vestido una tarjetita con su nombre. —Me alegro mucho de que hayas venido al kindergarten.— Luego tomó a Ramona de la mano y la llevó a una de las mesitas con su silla. —Siéntate aquí por el presente,— le dijo con una sonrisa en los labios.

¡Presente! ¡Un presente es un regalo!, pensó Ramona, y enseguida supo que la Srta. Binney le iba a gustar.

—Adiós, Ramona,— dijo la Sra. Quimby. —Pórtate bien.

Mientras veía a su mamá salir por la puerta, Ramona no tuvo duda de que la escuela iba a ser mejor aún de lo que ella se había imaginado. Nadie le había dicho que iba a recibir un regalo el primer día. Qué regalo sería, pensó, tratando de recordar si la maestra le había dado un regalo a Beezus en alguna ocasión.

Ramona escuchó atentamente mientras la Srta. Binney le mostraba a Howie su mesa, pero todo lo que le dijo fue: "Howie, quiero que te sientes aquí". ¡Vaya!, pensó Ramona. No todo el mundo va a recibir un regalo, de modo que yo le debo caer mejor a la Srta. Binney. Ramona miró y escuchó cuando llegaron los otros chicos y chicas, pero la Srta. Binney no le mencionó a nadie más "el presente" si se sentaba en cierto puesto. Ramona se preguntó si su regalo iba a venir envuelto en un papel bonito y con un lazo como si fuera un regalo de cumpleaños. Ojalá.

Sentada, esperando el regalo, observaba a los otros chiquillos cuando sus mamás los presentaban a la Srta. Binney. De los del kindergarten de la mañana, dos le parecieron especialmente interesantes. Uno era un niño llamado Davy, chiquito, delgadito e intranquilo. Era el único de la clase con pantalones cortos y a Ramona le gustó enseguida. Le gustó tanto que no tuvo duda de que le agradaría darle un beso.

La otra persona interesante era una niña grande llamada Susan. El cabello de Susan parecía como el de las muchachas de las láminas que tenían los libros de historias anticuadas que le gustaban a Beezus. Era rojizo castaño y le colgaba en rizos flexibles que le llegaban a los hombros y rebotaban cuando caminaba. Ramona nunca había visto rizos como esos. Todas las muchachas de cabello rizado que ella conocía lo tenían corto. Ramona se tocó su cabello corto y lacio, que de ordinario era castaño, y sintió deseos de tocar ese cabello lustroso y flexible. Sintió deseos de estirar uno de esos rizos y mirarlo rebotar. ¡*Ping*! pensó Ramona, imáginándose el ruido de una historieta de televisión y deseando tener un cabello denso y flexible que hiciera ping ping como el de Susan.

Howie interrumpió la admiración de Ramona por el cabello de Susan. —¿Cuándo crees que vamos a poder salir a jugar?— preguntó.

—Tal vez después que la Srta. Binney me dé el regalo,— dijo Ramona. —Me dijo que me iba a regalar algo.

—¿Y cómo es que te va a dar un regalo a ti?— quiso saber Howie. —A mí no me dijo nada de que me iba a dar un regalo.

—Tal vez es que yo le caigo mejor que los demás,— dijo Ramona.

Esto no le gustó a Howie. Se dio vuelta hacia el chiquillo de al lado y le dijo: —A *ella* le van a dar un regalo.

Ramona se preguntaba hasta cuándo tendría

que estar sentada para recibir el regalo. ¡Si tan sólo entendiera la Srta. Binney lo difícil que le era a ella esperar! Cuando se le había dado la bienvenida al último niño y la última mamá llorosa se había ido, la Srta. Binney habló sobre las reglas del kindergarten y les enseñó la puerta que daba al baño. Después le asignó a cada uno una casilla. La casilla de Ramona tenía la figura de un pato amarillo en la puerta y la de Howie, una rana verde. La Srta. Binney explicó que los ganchos del ropero estaban marcados con las mismas figuras. Entonces les pidió a todos que la siguieran, calladitos, al ropero para que cada uno encontrara su gancho.

Con lo difícil que le era esperar, Ramona no se movió. La Srta. Binney no le había dicho que fuera al ropero en busca de su regalo. Le había dicho que se sentara "por el presente" —y presente, ¿no era un regalo? Ramona se iba a quedar sentada hasta que se lo dieran. Se quedaría sentada como si tuviera goma en el asiento.

Howie miró ceñudamente a Ramona cuando regresó del ropero y le dijo a otro chiquillo: —La maestra le va a dar un regalo a *ella*.

Por supuesto, el chiquillo quiso saber por qué. —Yo no sé,— admitió Ramona. —Ella me dijo que si me sentaba aquí me iba a dar un regalo. Debe ser que yo le caigo mejor que los demás.

Cuando la Srta. Binney regresó del ropero, ya se había regado por todo el salón que a Ramona le iban a dar un regalo.

Más tarde la Srta. Binney le enseñó a la clase la letra de un canto misterioso que decía "the dawnzer lee light",* que Ramona no comprendía porque no sabía lo que quería decir "dawnzer". "Oh, say can you see by the dawnzer lee light",* cantó la Srta. Binney, y a Ramona se le ocurrió que "dawnzer" quería decir "lámpara".

Después de repetir el canto varias veces, la Srta. Binney le pidió al grupo que se pusiera de pie y que todos cantaran con ella. Ramona no se movió.

Howie y otros chicos tampoco se movieron; Ramona estaba segura de que también estaban

* Ramona no entendió la pronunciación. Esto se explica más detalladamente en la página 163.

esperando un regalo. Son unos copiones, pensó.

—Párense bien derechitos, como buenos americanos,— dijo la Srta. Binney de forma tan firme que Howie y los otros se levantaron a regañadientes.

Ramona se hizo el cargo de que sería una buena americana sentada.

—Ramona,— dijo la Srta. Binney, —¿no te vas a poner de pie como todos nosotros?

Ramona pensó rápidamente. Tal vez la pregunta era una prueba, como en los cuentos de hadas. Tal vez la Srta. Binney la quería probar para ver si se levantaba de su puesto. Si no pasaba la prueba, adiós regalo.

—No puedo,— dijo Ramona.

La Srta. Binney parecía perpleja pero no insistió en que Ramona se pusiera de pie mientras ella dirigía a la clase en el canto de "dawnzer". Ramona cantó con los demás y deseó que su maestra le diera el regalo después de eso, pero cuando terminó el canto, la Srta. Binney ni mencionó el regalo. Lo que hizo fue que tomó un libro. Ramona se imaginó que al fin había llegado la hora de aprender a leer.

La Srta. Binney se paró frente al grupo y empezó a leer en voz alta *Mike Mulligan y su pala mecánica*, uno de los libros favoritos de Ramona porque, a diferencia de muchos de los libros para su edad, éste no era ni lento ni pesado, ni azucarado y bonito. Ramona, haciendo ver que estaba pegada a su asiento, gozó del cuento otra vez y escuchó tranquilamente con el resto del kindergarten la historia de la anticuada pala mecánica de Mike Mulligan, que probó lo que valía excavando el sótano para el nuevo ayuntamiento de Poppersville en un solo día, empezando al alba y terminando al oscurecer.

Mientras escuchaba, a Ramona le vino a la cabeza una pregunta, algo que todos los libros que le leían dejaban en el aire. De algún modo, los libros siempre omitían una de las cosas más importantes que a muchos les gustaría saber. Ahora que estaba en la escuela, y siendo la escuela un lugar para aprender, tal vez la Srta. Binney podría contestarle la pregunta. Ramona esperó quietecita hasta que la maestra terminó el cuento y entonces alzó la mano del modo que la Srta. Binney había dicho que se debía hacer cuando se quería hablar en la escuela.

Joey, que no se acordó de alzar la mano, habló. —Ese es un buen libro.

La Srta. Binney le sonrió a Ramona y dijo: —Me gusta el modo que Ramona recuerda que hay que alzar la mano cuando uno quiere decir algo. ¿Verdad, Ramona?

Las esperanzas de Ramona aumentaron. La maestra le había sonreído. —Srta. Binney, yo quiero saber cómo pudo Mike Mulligan ir al baño cuando estaba excavando el sótano del ayuntamiento.

La sonrisa de la Srta. Binney pareció durar más de lo normal. Ramona, incómoda, echó un vistazo alrededor y vio que los demás estaban esperando la respuesta muy interesados. Todo el mundo quería saber cómo fue Mike Mulligan al baño.

—Bueno,— dijo la Srta. Binney al fin. —Yo, realmente, no lo sé, Ramona. El libro no nos lo dice.

—Yo también he querido saber eso siempre,— dijo Howie, sin alzar la mano, y los demás susurraron, de acuerdo. Parecía como que toda la clase había estado preguntándose cómo pudo ir Mike Mulligan al baño.

—Tal vez paró la pala mecánica y salió de la cavidad que estaba excavando y fue a la estación de gasolina,— sugirió un chiquillo llamado Eric.

—No podía. El libro dice que tuvo que trabajar lo más rápido posible todo el día,— indicó Howie. —No dice que paró.

La Srta. Binney se enfrentó con veintinueve caritas ansiosas, cada una de las cuales quería saber cómo fue Mike Mulligan al baño.

—Niños y niñas,— dijo de la manera más clara y precisa. —La razón por la cual el libro no nos dice cómo fue Mike Mulligan al baño es porque ésa no es la parte más importante del cuento. El cuento es sobre la excavación del sótano del ayuntamiento y eso es lo que el libro nos dice.

La Srta. Binney habló como si esta explicación terminara con el asunto, pero nadie en el kindergarten estaba convencido. Ramona sabía, y el resto de la clase sabía, que el saber cómo ir al baño *era* importante. Estaban sorprendidos de que la Srta. Binney no entendiera, porque lo primero que ella hizo fue enseñarles el baño. Ramona se dio cuenta de que había cosas que no iba a aprender en la escuela; y ella y el resto de la clase le dirigieron una mirada de reproche a la Srta. Binney.

La maestra parecía turbada, como si supiera que había decepcionado a su kindergarten. Pero pronto recobró su compostura, cerró el libro y les dijo que si querían ir quietecitos al patio de juego, ella les enseñaría un juego llamado pato gris.

Ramona ni se movió. Observó al resto de la clase salir del salón y admiró los rizos de Susan, que hacían *ping ping* cuando le rebotaban en los hombros, pero no se movió de su puesto. Sólo la Srta. Binney podía despegar la goma imaginaria que la tenía pegada allí.

—¿Tú no quieres aprender a jugar al pato gris, Ramona?— le preguntó la Srta. Binney.

Ramona movió la cabeza en forma afirmativa.

—Sí, pero no puedo.

—¿Por qué no?— preguntó la Srta. Binney.

—No me puedo mover de mi puesto,— dijo Ramona. Cuando la Srta. Binney le dirigió una mirada llena de confusión, agregó: —Por lo del regalo.

—¿Qué regalo?— La Srta. Binney parecía tan genuinamente confusa que Ramona se sintió incómoda. La maestra se sentó en la sillita junto a Ramona y dijo: —Explícame por qué no puedes jugar al pato gris.

Ramona se retorció, agotada de esperar. Sentía la incómoda sensación de que, de algún modo, algo había fallado. —Yo sí quiero jugar al pato gris, pero Ud. . . .— y se calló, con la impresión de que estaba a punto de decir lo que no debía.

—¿Pero yo qué?— preguntó la Srta. Binney.

—Bueno . . . mm . . . Ud. me dijo que si me sentaba aquí me iba a dar un regalo,—dijo Ramona, al fin, —pero no dijo cuánto tiempo tendría que estar sentada.

Si la Srta. Binney parecía confusa antes, ahora estaba desconcertada.

—Ramona, no te entiendo,— empezó a decir.

—Sí, Ud. me lo dijo,— afirmó Ramona de

palabra y con la cabeza. —Ud. me dijo que me sentara aquí por el presente . . . y un presente es un regalo, ¿no? Yo he estado sentada aquí desde que empezó la clase y Ud. todavía no me ha dado el regalo.

La cara de la Srta. Binney se enrojeció y parecía tan avergonzada que Ramona se sintió totalmente confusa. Se suponía que las maestras no deberían verse así.

La Srta. Binney habló con suavidad. —Ramona, me temo que ha habido un malentendido.

Ramona no dio rodeos. —¿Quiere decir que no me va a dar ningún regalo?

—Me temo que no,— admitió la Srta. Binney. —Mira, "el presente" quiere decir "por ahora". Lo que quise decir es que te sentaras aquí por ahora, porque más adelante puede que tenga que sentar a los niños en otros pupitres.

—Oh.— La desilusión de Ramona fue tal que no pudo decir nada. Las palabras confundían tanto. *Presente* debería ser un regalo, un presente, lo mismo que *ataque*, dar de golpes con un taco.

Para entonces todos los chiquillos estaban agrupados alrededor de la puerta para ver lo que le había pasado a la maestra. —Lo siento mucho,— dijo la Srta. Binney. —La culpa es mía; yo debería haber usado otras palabras.

—Está bien, —dijo Ramona, avergonzada de que la clase viera que, después de todo, no le iban a dar ningún regalo.

—Está bien, niños,— dijo la Srta. Binney enérgicamente. —Vamos afuera a jugar al pato gris. Tú también, Ramona.

El pato gris resultó ser un juego fácil. Ramona recobró el ánimo rápidamente después de su desilusión. Todos formaron un círculo y el que la llevaba tocaba a alguien que tenía que corretearlo alrededor del círculo. Si atrapaban al que la llevaba antes de llegar al espacio del círculo, tenía que ponerse en el centro del círculo, el "ombligo", y la persona que lo capturaba, ahora la llevaba.

Ramona trató de pararse junto a la chica de los rizos flexibles pero se encontró junto a Howie. —Yo creía que te iban a dar un regalo,— se regodeó Howie.

Ramona sólo le clavó los ojos y le hizo una mueca a Howie, que era quien la llevaba, pero el chico pronto cayó en el "ombligo" porque sus pantalones nuevos estaban tan tiesos que lo hicieron andar muy despacio. —¡Miren a Howie en el "ombligo"!— cacareó Ramona.

Howie parecía a punto de llorar, lo cual, según Ramona, era una tontería. Sólo un bebé lloraba en el "ombligo". A mí, a mí, que alguien me toque, pensó Ramona, brincando. Tenía muchísimas ganas de que le llegara su turno para correr alrededor del círculo. Susan también estaba brincando y esos rizos que se movían eran toda una tentación.

Al fin Ramona sintió un golpecito en el hombro. ¡Le había llegado el turno de darle la vuelta al círculo! Corrió lo más rápido que pudo para alcanzar las zapatillas que golpeaban el asfalto frente a ella. Los rizos que hacían *ping ping* estaban al otro lado del círculo. Ramona se iba acercando a ellos. Alargó la mano. Agarró uno de los rizos, uno tupido y flexible.

"*¡Aaayyy!*" gritó la dueña de los rizos.

Ramona, sobresaltada, dejó escapar el rizo.

Se sorprendió tanto con el grito que se le olvidó mirar el rizo de Susan cuando rebotaba.

Susan se agarró los rizos con una mano y con la otra señaló a Ramona. "Ella fue la que me tiró del cabello. ¡Ella fue! ¡Ah, ah, ah!" A Ramona le pareció que Susan no debería irritarse tanto. Ella no había tenido la intención de hacerle daño. Lo único que había querido hacer era tocar ese cabello hermoso y flexible que era tan distinto del de ella, lacio y castaño.

"¡Ah, ah, ah!" chilló Susan, el centro de atención de todo el mundo.

—Bebé,— le dijo Ramona.

—Ramona,— le dijo la Srta. Binney, —en el kindergarten no se tira del cabello a nadie.

—Susan no tiene que ser tan aniñada,— dijo Ramona.

—Te vas a sentar en la banca junto a la puerta mientras los demás seguimos con el juego,— le dijo la Srta. Binney a Ramona.

Ramona no se quería sentar en ninguna banca. Ella quería jugar al pato gris con sus compañeros. —No,— dijo Ramona, preparándose a armar una tremenda gritería. —No voy.

Susan dejó de chillar. Un terrible silencio cubrió el patio. Todo el mundo le clavó la mirada a Ramona y ella se empezó a sentir como si se estuviera encogiendo. Nunca antes le había pasado cosa semejante.

—Ramona,— dijo la Srta. Binney con calma. —Siéntate en la banca.

Sin decir palabra, Ramona cruzó el patio y se sentó en la banca junto a la puerta del kindergarten. El juego del pato gris continuó sin ella, pero los compañeros no la habían olvidado. Howie le hizo una mueca. Susan seguía con su aire de ofendida. Unos se reían y señalaban a Ramona. Otros, Davy en particular, parecían preocupados, como si no hubieran imaginado nunca que un castigo tan terrible pudiera darse en el kindergarten.

Ramona mecía las piernas y hacía ver que observaba a unos obreros que estaban construyendo un mercado nuevo al otro lado de la calle. A pesar del malentendido sobre el regalo, o presente, deseaba con toda su alma que su linda maestra nueva la quisiera. A Ramona se le llenaron los ojos de lágrimas, pero no iba a llorar. Nadie iba a llamar llorona a Ramona Quimby. Jamás.

Al lado del kindergarten, dos nenas, como de dos y cuatro años, miraban muy seriamente a Ramona a través de la cerca. —Mira a esa chica,— le dijo la mayor a su hermanita. —Está sentada allí por desobediente.—La de dos años parecía espantada frente a tanta maldad. Ramona fijó la mirada en el suelo, avergonzada.

Cuando terminó el juego, los niños pasaron en fila junto a Ramona y entraron al kindergarten. —Puedes entrar, Ramona,— dijo la Srta. Binney con voz amable.

Ramona se deslizó de la banca y siguió a los otros. Aunque no la quisieran, la habían perdonado, y eso era un alivio. Deseaba que ahora fuera a aprender a leer y escribir.

Adentro, la Srta. Binney anunció que era hora de reposar. Esto fue otra desilusión para Ramona, quien consideraba que el que iba al kindergarten ya era grande para tener que reposar. La Srta. Binney le dio a cada uno una esterilla con un dibujo que hacía juego con el de la puerta de la casilla y les dijo que la abrieran en el piso. Los veintinueve niños se acostaron pero no reposaron. Se estiraban para ver lo que los otros estaban haciendo. Se retorcían. Cuchicheaban. Tosían. Preguntaban: "¿Cuánto tiempo tenemos que reposar?"

—Ssss,— dijo la Srta. Binney en voz baja, suave y soñolienta. —La persona que reposa más tranquilamente hará de hada despertadora.

—¿Qué es eso de hada despertadora?— preguntó Howie, levantándose rápidamente.

—Ssss,— susurró la Srta. Binney. —El hada despertadora va en puntillas a todas partes y despierta a toda la clase con su varita mágica. El hada despierta primero a los que reposan más tranquilos.

Ramona se hizo el propósito de que ella sería el hada despertadora y así la Srta. Binney se daría cuenta de que no era desobediente, después de todo. Se mantuvo boca abajo con las manos pegadas a los lados. La esterilla era finita y el suelo duro, pero Ramona no se movió. Estaba segura de que ella sería la que mejor reposaba porque oía a los otros retorciéndose en

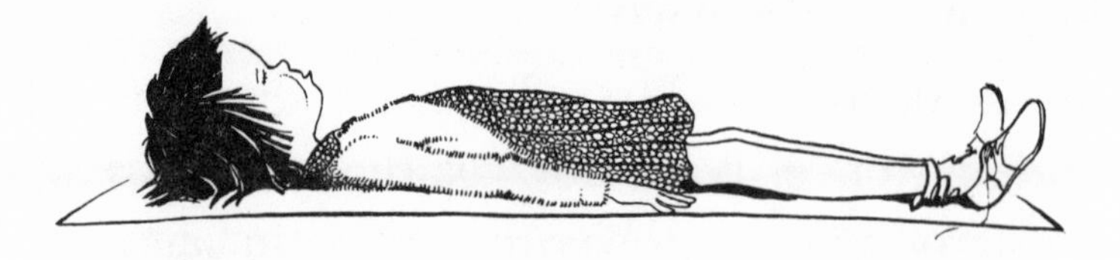

sus esterillas. Sólo para demostrarle a la Srta. Binney que de verdad estaba reposando, dio un pequeño ronquido, no muy fuerte sino delicadito, para demostrar que reposaba bien.

Se levantaron unas cuantas risitas, a las cuales siguieron varios ronquidos, menos delicados que el de Ramona. Esos dieron paso a más y más, menos y menos delicados ronquidos, hasta que todo el mundo estaba roncando, excepto los poquitos que no sabían cómo roncar. Esos estaban retorciéndose.

La Srta. Binney dio unas palmadas y habló en una voz que ya no era suave, quieta, ni soñolienta. —¡Bueno, niños y niñas!— dijo. —¡Basta! Aquí uno no ronca ni se retuerce durante la hora de reposo.

—Ramona fue la que empezó,— dijo Howie.

Ramona se sentó y le hizo una mueca a Howie. —Soplón,— le dijo ella con tono de desprecio. Al otro lado de Howie vio a Susan acostada quietecita con sus lindos rizos regados en la esterilla y los ojos cerrados y apretados.

—¡Bueno, fuiste tú!— dijo Howie.

—¡Niños!— la voz de la Srta. Binney era severa. —Tenemos que reposar para no estar cansados cuando nuestras mamás vengan para llevarnos a casa.

—¿Su mamá viene para llevarla a Ud. a su casa?— le preguntó Howie a la Srta. Binney. Ramona se había estado preguntado lo mismo.

—¡Basta, Howie!— La Srta. Binney habló del mismo modo que a veces hablan las mamás justo antes de la cena. Enseguida volvió a hablar con su voz suave, soñolienta. —Me gusta la forma en que Susan está reposando tan tranquilamente,— dijo. —Susan, tú vas a ser el hada despertadora y vas a tocar a los niños y las niñas con esta varita para despertarlos.

La varita mágica resultó ser sólo una regla. Ramona se mantuvo quieta pero sus esfuerzos fueron en vano. Susan, con sus rizos rebotándole en los hombros, tocó a Ramona de último. No es justo, pensó Ramona. Ella no había sido la más desobediente. Howie se había portado peor que ella.

El resto de la mañana se fue rápido. Se le permitió a la clase examinar las pinturas y los juguetes y a los que quisieron los dejaron dibujar con sus creyones nuevos. Sin embargo, no aprendieron ni a leer ni a escribir, pero Ramona se animó cuando la Srta. Binney explicó que cualquiera que tuviera algo que compartir con la clase lo podría traer a la escuela al día siguiente para dime y te diré. Ramona se alegró cuando la campana sonó al fin y vio a su mamá esperándola al otro lado de la cerca. La Sra. Kemp y Willa Jean también estaban esperando a Howie y los cinco se fueron juntos.

Howie dijo enseguida: —A Ramona la sentaron en la banca; y ella es la que peor reposa en la clase.

Después de todo lo que le había pasado esa mañana, esto fue el colmo para Ramona. —¿Por qué no te callas la boca?— le gritó a Howie antes de pegarle.

La Sra. Quimby agarró a Ramona por la mano y la apartó de Howie a la fuerza. —Vamos, Ramona,— dijo con voz firme, —ésta no es la manera de comportarse el primer día de clases.

—Pobrecita,— dijo la Sra. Kemp. —Está agotada.

Nada enfurecía más a Ramona que el oír a un adulto decir, como si ella no pudiera oír, que ella estaba agotada. —¡*No* estoy agotada!— chilló.

—Es que pudo descansar bastante mientras estuvo castigada en la banca,— dijo Howie.

—Tú, Howie, no te metas en esto,— dijo la Sra. Kemp. Entonces, para cambiar de tema, le preguntó a su hijo: —¿Te gustó el kindergarten?

—Ah. . . más o menos,— dijo Howie sin mucho entusiasmo. —No hay tierra para escarbar ni triciclos para montar.

—¿Y tú, Ramona?— preguntó la Sra. Quimby. —¿A ti te gustó el kindergarten?

Ramona se puso a pensar. El kindergarten no había sido como ella se lo había imaginado. Aún así, aunque no le hubieran dado un regalo y la Srta. Binney no la quisiera, le había gustado estar con chicos y chicas de su misma edad. Le había gustado cantar el canto del "dawnzer" y tener su propia casilla. —No me gustó tanto como creía,— contestó con toda sinceridad, —pero tal vez las cosas van a mejorar cuando tengamos dime y te diré.

CAPITULO 2

Dime y te diré

Ramona esperaba con ilusión muchas cosas: su primer diente flojo, montar en bicicleta en vez de en triciclo, pintarse los labios como su mamá; pero más que todo, la ilusionaba el dime y te diré. Durante años había visto a su hermana Beezus ir para la escuela con una muñeca, un libro o una bonita hoja de árbol para mostrar a sus compañeros. Había visto a Henry Huggins, el amigo de su hermana Beezus, pasar frente a su casa, camino a la escuela, con abultados paquetes misteriosos. Había oído a Beezus hablar de todas las cosas interesantes que habían llevado a la escuela: tortugas, bolígrafos que escribían en tres colores distintos, una almeja viva en un frasco con arena y agua salada.

Ahora, finalmente, le había llegado a Ramona la hora del dime y te diré. —¿Qué vas a llevar para presentar a tu clase?— le preguntó a Beezus, con la esperanza de que eso le diera alguna idea a ella.

—Nada,— dijo Beezus, que le explicó por qué no. —Como en el tercer grado ya uno está un poco grande para eso de dime y te diré. En el quinto grado está bien llevar algo realmente raro, como un apéndice en solución salina o algo relacionado con los estudios sociales. Un pedacito de alguna piel vieja está bien cuando se estudia a los traficantes de pieles. O si pasara algo verdaderamente emocionante, como que se quemara tu casa, estaría bien hablar sobre eso. Pero en el quinto grado uno no lleva una muñeca vieja o un carro bomba de juguete. Y para entonces no se le llama dime y te diré.

Uno sólo le deja saber a la maestra que tiene algo interesante de que hablar.

Ramona no se desanimó. Estaba acostumbrada a que Beezus dejara las cosas cuando ella iba a empezarlas. Escudriñó en su caja de juguetes y finalmente sacó su muñeca favorita, la del cabello lavable. —Voy a llevar a Chevrolet,— le dijo a Beezus.

—Nadie le pone de nombre Chevrolet a una muñeca,— dijo Beezus, cuyas muñecas se llamaban Sandra o Patty.

—Se lo pongo yo,— contestó Ramona. —Para mí, Chevrolet es el nombre más lindo del mundo.

—Bueno, es una muñeca horrorosa,— dijo Beezus. —Tiene el cabello verde. Además, tú no juegas con ella.

—Yo le lavo el cabello,— dijo Ramona con lealtad, —y para que sepas por qué tiene verdoso el poquito cabello que le queda, es porque traté de azularlo como la abuelita de Howie, a quien le azulan el cabello en el salón de belleza. Mami dijo que cuando se echa añil en el cabello amarillo se pone verde. De cualquier modo, yo la hallo bonita.

Cuando al fin llegó la hora de ir para la escuela, Ramona se sintió molesta otra vez al ver a la Sra. Kemp que venía con Howie y la pequeña Willa Jean.

—Mami, *vámonos,*— rogó Ramona tirando de la mano a su mamá; pero su mamá esperó hasta que los Kemp las alcanzaron. Willa Jean estaba aún más desaliñada esa mañana. Tenía migajas en el suéter y estaba tomando jugo de manzana de un biberón. Willa Jean dejó caer la botella cuando vio a Chevrolet; le clavó los ojos a la muñeca de Ramona y el jugo de manzana le chorreaba por la barbilla.

—Ramona lleva a su muñeca a la escuela para el dime y te diré,— dijo la Sra. Quimby.

Howie parecía preocupado y dijo: —Yo no tengo nada para el dime y te diré.

—No importa, Howie,— dijo la Sra. Quimby. —La Srta. Binney no espera que lleves algo todos los días.

—Pero yo *quiero* llevar algo,— dijo Howie.

—Ay, Dios, Howie,— dijo su mamá. —¿Qué tal si cada uno de los veintinueve niños lleva algo? La Srta. Binney no tendría tiempo para enseñarles nada.

—*Ella* lleva una cosa,— dijo Howie señalando a Ramona.

Había algo muy familiar en la manera en que Howie se estaba portando. Ramona tiró de la mano a su mamá. —*Vámonos*, mami.

—Ramona, me parece que estaría muy bien que fueras a la casa y trajeras algo para prestarle a Howie para que lleve a la escuela,— dijo la Sra. Quimby.

A Ramona no le gustó nada la idea, pero sí reconoció que prestarle algo a Howie sería más rápido que discutir con él. Corrió a la casa y agarró lo primero que vio: un conejo de trapo que ya estaba bastante gastado antes de que el gato lo hubiera adoptado como una especie de ratón de práctica. Al gato le gustaba morder la cola del conejo, llevarlo en la boca o echarse y patearlo con las patitas de atrás.

Cuando Ramona le tiró el conejo a Howie, la Sra. Kemp dijo: —Dale las gracias, Howie.

—Pero es una basura,— dijo Howie con desprecio. Cuando su mamá no estaba mirando le dio el conejo a Willa Jean, quien dejó caer su jugo de manzana, agarró el conejo y empezó a morderle la cola.

Exactamente como nuestro gato, pensó Ramona, mientras el grupo seguía camino de la escuela.

—No te olvides del conejo de Ramona,— dijo la Sra. Kemp cuando llegaron al patio del kindergarten.

—Yo no quiero esa basura de ella,— dijo Howie.

—Vamos, Howie,— dijo su mamá. —Ramona fue muy amable al compartir su conejo contigo, así que tú también debes ser amable.— A la Sra. Quimby le dijo, como si Howie no estuviera oyendo, —Howie necesita aprender buenos modales.

¡Compartir! Ramona había tenido que aprender lo que era compartir en la guardería, donde o había tenido que compartir algo de ella que ella no quería compartir, o había tenido que compartir algo que era de otro y que ella tampoco quería compartir. —Está bien, Howie,— le dijo. —No tienes que compartir mi conejo.

Howie pareció agradecido, pero su mamá de todos modos le plantó el conejo en las manos.

Al comienzo del segundo día de clases,

Ramona se sentía tímida porque no estaba segura de lo que pensaría la Srta. Binney de una niña a quien había castigado en la banca. Pero la Srta. Binney sonrió y dijo: "Buenos días, Ramona," y parecía como que se le había olvidado lo del día anterior. Ramona sentó a Chevrolet en la casilla con el pato en la puerta y esperó que llegara la hora del dime y te diré.

—¿Alguien trajo algo para mostrar a la clase?— preguntó la Srta. Binney apenas terminaron el canto del "dawnzer".

Ramona se acordó de alzar la mano y la Srta. Binney la invitó al frente del salón para mostrar a la clase lo que ella había traído. Ramona sacó a Chevrolet de la casilla, se paró junto al escritorio de la Srta. Binney . . . y descubrió que no sabía qué decir. Miró a la Srta. Binney para que la ayudara.

La Srta. Binney sonrió para darle ánimo. —¿Hay algo que nos quieres contar sobre tu muñeca?

—Se le puede lavar el cabello,—dijo Ramona. —Está verdoso porque le di un enjuague azul.

—¿Y con qué lo lavas?— preguntó la Srta. Binney.

—Con muchas cosas,— dijo Ramona, empezando a disfrutar del hablar en frente de la clase. —Jabón, champú, detergente, baño espumoso. Una vez usé limpiador de cocina, pero eso no sirvió.

—¿Cómo se llama tu muñeca?— preguntó la Srta. Binney.

—Chevrolet,— contestó Ramona. —Le puse ese nombre por el carro de mi tía.

La clase se empezó a reír, especialmente los varones. Ramona se sintió confusa, de pie frente a veintiocho chicos y chicas riéndose de ella. —¡Bueno, se lo puse!— dijo enojada, casi al borde de las lágrimas. Chevrolet era un nombre bonito y no había razón para reírse.

La Srta. Binney ignoró las risitas y muecas. —A mí me parece que Chevrolet es un nombre encantador,— le dijo. Luego repitió: "Chevro-let". La forma en que la Srta. Binney repitió la palabra la hacía sonar como música. —Repitan todos.

—Che-vro-let,— repitió toda la clase obedientemente; y esta vez nadie se rió. El corazón de Ramona rebosaba de amor a su maestra. La Srta. Binney no era como la mayoría de la gente grande. La Srta. Binney comprendía.

La maestra le sonrió a Ramona. —Gracias, Ramona, por compartir a Chevrolet con nosotros.

Luego una niña mostró su muñeca y contó que cuando se le halaba un hilo en la espalda, hablaba; y un niño contó que su familia había comprado una refrigeradora nueva. Entonces la Srta. Binney preguntó: —¿Alguien más ha traído algo para mostrar o contar?

—El trajo una cosa,— dijo Susan la de los rizos flexibles, indicando a Howie.

Ping, pensó Ramona, como siempre lo hacía cuando esos rizos le llamaban la atención. Empezaba a notar que Susan era una chica mandona.

—Howie, ¿tú trajiste algo?— preguntó la Srta. Binney.

Howie parecía avergonzado.

—Vamos, Howie,— lo animó la Srta. Binney. —Muéstranos lo que trajiste.

De mala gana Howie fue a su casilla y sacó el maltratado conejo azul con la cola húmeda. Lo llevó al escritorio de la Srta. Binney, miró a la clase y dijo con voz desanimada: —No es más que un conejo viejo.— La clase no mostró mucho interés.

—¿Nos quieres decir algo sobre tu conejo?— preguntó la Srta. Binney.

—No,— dijo Howie. —Yo sólo lo traje porque mi mamá me obligó.

—Yo puedo decir algo sobre tu conejo,— dijo la Srta. Binney. —Este conejo ha sido muy querido. Por eso está tan desgastado.

Ramona estaba fascinada. Podía ver en su imaginación al gato echado en la alfombra con el conejo atrapado entre los dientes mientras lo golpeaba con las patas de atrás. La forma en que Howie miró al conejo no era cariñosa. Ramona estaba esperando que dijera que el

conejo no era de él, pero no lo dijo. Lo que hizo fue que se quedó allí plantado.

La Srta. Binney, al ver que Howie no se animaba a hablar en frente de la clase, abrió una gaveta del escritorio, sacó algo y dijo: —Aquí tengo un regalo para tu conejo.— Sacó una cinta roja, tomó el conejo de las manos de Howie y le hizo un lazo al conejo en el cuello. —Aquí tienes, Howie.

Entre dientes, Howie dijo "gracias" y escondió el conejo en la casilla lo más rápido que pudo.

Ramona estaba fascinada. Según ella, la cinta roja que la Srta. Binney le había puesto a su conejo viejo sustituía el regalo que no le había dado a ella el día anterior. Toda la mañana se la pasó pensando en lo que haría con la cinta roja. La podía usar para atar lo que quedaba del cabello de Chevrolet. La podía cambiar con Beezus por algo de valor, como un frasco de perfume ya vacío o papel de color sin garabatos. Durante la hora de reposo se le ocurrió la mejor idea. Guardaría la cinta hasta que tuviera una bicicleta verdadera, de las de dos ruedas. La entrelazaría en los rayos de las ruedas y andaría tan rápido que la cinta se vería como una mancha roja cuando las ruedas dieran vueltas. Sí. Eso era exactamente lo que iba a hacer con su cinta roja.

Cuando sonó la campana al mediodía, la Sra. Quimby, la Sra. Kemp y la pequeña Willa Jean estaban esperando junto a la cerca. —Howie,— dijo la Sra. Kemp, —no te olvides del conejo de Ramona.

—Ah, eso,— dijo Howie entre dientes, pero volvió a la casilla mientras Ramona caminaba ya detrás de las mamás.

—Howie tiene que aprender a ser responsable,— comentó la Sra. Kemp.

Cuando Howie las alcanzó, desató la cinta y le tiró el conejo a Ramona. —Toma. Toma tu basura,— le dijo.

Ramona lo tomó y dijo: —Dame mi cinta.

—La cinta no es tuya,— dijo Howie. —Es mía.

Las dos mamás estaban tan ocupadas, hablando de que sus hijos tenían que aprender a ser responsables, que no le pusieron atención a la pelea.

—¡No es tuya!— dijo Ramona. —¡La cinta es mía!

—La Srta. Binney me la dio a mí.— Howie estaba tan calmado y tan seguro de que tenía razón que Ramona se volvió una furia. Le echó mano a la cinta pero Howie la alejó.

—¡La Srta. Binney se la puso a mi conejo, así que la cinta es *mía*!— dijo ella subiendo la voz.

—No,— dijo Howie con voz segura y calmada.

—Las cintas no son para los varones,— le recordó Ramona. —¡Dámela!

—No es tuya.— Howie no mostraba nada de emoción, sólo terquedad.

LOWELL SCHOOL
625 S. 7th ST.
SAN JOSE, CA 95112

El comportamiento de Howie enloqueció a Ramona. Ella quería que él perdiera el control. Quería que se enojara. —¡Por supuesto que es mía!— chilló, y al fin las mamás se dieron vuelta.

—¿Qué es lo que pasa?— preguntó la Sra. Quimby.

—Howie tiene mi cinta y no me la va a dar,— dijo Ramona, casi al borde de las lágrimas de lo furiosa que estaba.

—No es de ella,— dijo Howie.

Las dos mamás se miraron. —Howie, ¿de

dónde sacaste esa cinta?— preguntó la Sra. Kemp.

—La Srta. Binney me la dio,— dijo Howie.

—Me la dio a *mí*,— corrigió Ramona, luchando para que no se le salieran las lágrimas. —Se la puso a mi conejo, así que es mi cinta.— Cualquiera podría entender eso. Cualquiera que no fuera estúpido.

—Vamos, Howie,— dijo su mamá. —¿Qué va a hacer un niño grande como tú con una cinta?

Howie pensó en la pregunta como si su mamá esperara una respuesta. —Bueno . . . la podría poner en la cola de una cometa*, si la tuviera.

—El no me la quiere dar,— explicó Ramona. —Es muy egoísta.

—Yo no soy egoísta,— dijo Howie, —Tú quieres una cosa que no es tuya.

—¡*No* es cierto!— gritó Ramona.

—Vamos, Ramona,— dijo su mamá. —Un pedazo de cinta no vale toda esa gritería. En casa tenemos otras cintas que puedes usar.

*papalote, chiringa, volantín, barrilete

Ramona no sabía cómo hacer que su mamá comprendiera. No había cinta alguna que pudiera reemplazar a ésta. La Srta. Binney le había dado la cinta a ella; ella quería esa cinta porque quería mucho a la Srta. Binney. Ojalá que la Srta. Binney estuviera aquí en este momento porque su maestra, a diferencia de las mamás, comprendería. Todo lo que Ramona pudo decir fue: "Es mía".

—¡Ya sé!— dijo la Sra. Kemp, como si se le hubiera ocurrido una idea brillante. —Los dos pueden compartir la cinta.

La mirada que se dieron Ramona y Howie dejaba ver que no podía haber nada peor que compartir la cinta. Ambos sabían que había cosas que jamás se pueden compartir y la cinta de la Srta. Binney era una de ellas. Ramona quería la cinta para ella sola. Sabía que un chiquillo descuidado como Howie probablemente dejaría que Willa Jean la babeara y la echara a perder.

—Muy buena idea,— dijo la Sra. Quimby, de acuerdo. —Ramona, deja que Howie la lleve hasta medio camino y tú la llevas de ahí en adelante.

—¿Y entonces quién se queda con ella?— preguntó Howie, dando voz a la pregunta que daba vueltas en la cabeza de Ramona.

—La podemos cortar en dos para que cada uno se quede con la mitad,— dijo la Sra. Kemp. —Vamos a almorzar en casa de Ramona y apenas lleguemos dividimos la cinta.

¡La linda cinta de la Srta. Binney cortada en dos! Eso era el colmo. Ramona rompió a llorar. La mitad que le tocaba no sería lo suficiente para nada. Si alguna vez llegaba a tener su bicicleta, la de dos ruedas, no tendría suficiente cinta para entrelazarla en los rayos de las ruedas. Ni siquiera sería suficiente para atar el cabello de Chevrolet.

—Yo estoy harto de compartir,— dijo Howie. —Compartir, compartir, compartir. Eso es lo único que saben decir los mayores.

Ramona no podía entender por qué a ambas mamás les parecieron graciosas las palabras de Howie. Ella comprendía exactamente lo que Howie quería decir; ahora él le caía mucho mejor por haberlo dicho. Ella siempre se había sentido un poquito mal porque creía que era la única que pensaba de ese modo.

—Vamos, Howie, la cosa no es para tanto.

—Que sí es,— dijo Howie; y Ramona dijo que sí con la cabeza, con todo y lágrimas.

—Dame la cinta,— dijo la Sra. Kemp. —Tal vez después del almuerzo todos nos sentiremos mejor.

De mala gana Howie se desprendió de la preciosa cinta y dijo: —Seguro que hay sándwiches de atún otra vez.

—Howie, eso es falta de educación,— dijo su mamá.

En la casa de los Quimby, la mamá de Ramona dijo: —¿Por qué no juegan tú y Howie con el triciclo mientras yo preparo el almuerzo?

—Sí, vamos, Ramona,— dijo Howie, mientras las dos mamás levantaban el cochecito de Willa Jean para subir las gradas y él y Ramona quedaron solos, aunque no lo quisieran. Ramona se sentó en las gradas y trató de hallar una palabra apropiada para Howie. "Cara de torta" no era lo suficientemente malo. Si usaba alguna de las palabras que había oído en boca de los muchachos grandes de la escuela, su mamá saldría y la regañaría. Tal vez "bobalicón" estaría bien.

—¿Dónde está tu triciclo?— preguntó Howie.

—En el garaje,— contestó Ramona. —Ya yo no lo monto porque estoy en kindergarten.

—¿Por qué no?— preguntó Howie.

—Ya soy grande,— dijo Ramona. —Todo el mundo en esta calle monta en dos ruedas. Sólo los bebés montan triciclos.— Ella hizo este comentario porque sabía que Howie todavía montaba su triciclo y como tenía tanto coraje por lo de la cinta, quería herirlo.

Si Howie se sintió herido, no lo demostró. Parecía considerar el comentario de Ramona en su manera deliberada de siempre. —Si tuviera unas pinzas y un destornillador podría quitarle una de las ruedas,— dijo él finalmente.

Ramona estaba indignada. —¿Y destrozar mi triciclo?— Lo único que Howie quería era meterla en líos.

—No lo voy a destrozar,— dijo Howie. —Yo le quito las ruedas a mi triciclo a cada rato. Uno puede montar con la rueda del frente y una de las de atrás. Así tendrás un biciclo.

Ramona no estaba convencida.

—Anda, Ramona,— insistió Howie. —A mí

me gusta quitar las ruedas de los triciclos.

Ramona lo pensó. —Si te dejo quitarle una rueda, ¿me quedo yo con la cinta?

—Bueno . . . está bien.— Después de todo, Howie era varón. Estaba más interesado en desarmar cosas que en jugar con cintas.

Ramona tenía sus dudas acerca de la habilidad de Howie para transformar un triciclo en un biciclo, pero, por otro lado, había decidido que se iba a quedar con la cinta roja de la Srta. Binney, a toda costa.

La chica sacó el triciclo del garaje. Luego encontró las pinzas y el destornillador y se los dio a Howie, quien se puso a trabajar muy formalmente. Usó el destornillador para sacar el tubo de la rueda. Con las pinzas estiró la clavija que mantenía la rueda en su lugar, la quitó del eje y tiró de la rueda. Luego volvió a poner la clavija en su agujero en el eje y torció los cantos hacia afuera una vez más para que el eje quedara en su lugar. —Ahí está,— dijo satisfecho. Por primera vez se veía contento y seguro de sí mismo. —Tienes que ponerte de medio lado cuando lo montas.

Ramona estaba tan impresionada con el tra-

bajo de Howie que su furia empezó a desaparecer. A lo mejor Howie tenía razón. Agarró el triciclo y se sentó en el asiento. Poniéndose de medio lado para donde Howie le había quitado la rueda, pudo mantener el equilibrio y dar una vuelta de manera torcida y no muy segura a la entrada del garaje. —¡Mira! ¡Funciona!— gritó cuando llegó a la acera. Hizo un círculo y pedaleó de nuevo en dirección a Howie, que la miraba radiante por lo bien que le había salido el arreglo.

—Yo te dije que iba a funcionar,— se jactó él.

—Al principio no te creía,— confesó Ramona, a quien jamás volverían a ver montada en un triciclo de bebé.

La puerta de atrás se abrió y la Sra. Quimby llamó: —Vengan, niños. Los sándwiches de atún están listos.

—Mira mi biciclo,— gritó Ramona pedaleando en un círculo torcido.

—¡Bueno, ya eres una niña grande!— exclamó su mamá. —¿Cómo lograste hacer eso?

Ramona se detuvo. —Howie me arregló el triciclo y me dijo cómo montarlo.

—¡Qué chico tan listo!— dijo la Sra. Quimby. —Debes ser muy hábil con las herramientas.

Howie estaba radiante con el elogio.

—Mami,— dijo Ramona. —Howie dice que me puedo quedar con la cinta de la Srta. Binney.

—Es verdad,— dijo Howie. —¿Para qué quiero yo una ridícula cinta?

—La voy a entrelazar en los rayos delanteros de mi biciclo y a montarlo tan rápido que sólo se verá una mancha,— dijo Ramona. —Ven, Howie, vamos a comer nuestros sándwiches de atún.

CAPITULO 3

Tarea inmediata

Dos eran las clases de chicos que asistían al kindergarten: los que se ponían en fila junto a la puerta antes de empezar las clases, donde se suponía que debían estar; y los que daban vueltas por el patio y se apiñaban para colocarse en la fila cuando veían venir a la Srta. Binney. Ramona era de los que corrían por el patio.

Un día cuando Ramona andaba dando vueltas por el patio vio a Davy esperando que Henry Huggins lo ayudara a cruzar la bocacalle. La capa negra sujeta a sus hombros con dos imperdibles que llevaba Davy le llamó la atención.

Cuando Henry hizo detener dos carros y un camión de cemento, Ramona observó a Davy que cruzaba la calle. Mientras más veía Ramona a Davy, más le gustaba. Era un chico tan simpático y tímido, con ojos azules y suave cabello castaño. Ramona siempre quería a Davy por pareja cuando bailaban bailes folklóricos, y cuando jugaban al pato gris, Ramona siempre tocaba a Davy, a menos que ya él estuviera en el "ombligo".

Cuando llegó Davy, Ramona se le acercó y le preguntó: —¿Tú eres "Batman?" *

—No,— dijo Davy.

—¿Eres "Superman?" *— preguntó Ramona.

—No,— dijo Davy.

¿Quién más podría ser Davy con una capa negra? Ramona se puso a pensar pero no le vino a la mente nadie más que usara una capa negra. —Entonces, ¿quién eres?— le preguntó al fin.

—"Mighty Mouse" *— gritó Davy, encantado de haber confundido a Ramona.

* Hombre murciélago. Superhombre. Superratón. Personajes de historietas cómicas.

—¡Te voy a dar un beso, "Mighty Mouse!" — chilló Ramona.

Davy empezó a correr y Ramona a perseguirlo. Dieron vuelta tras vuelta por el patio, mientras la capa de Davy flotaba en el aire. Lo persiguió bajo las barras y los trapecios.

—¡Corre, Davy, corre!— gritaban los demás, saltando, hasta que vieron a la Srta. Binney que venía y todo el mundo se apiñó en la fila.

Desde entonces, todas las mañanas cuando Ramona llegaba al patio trataba de alcanzar a Davy para darle un beso.

—¡Ahí viene Ramona!— gritaban los chicos y las chicas cuando veían a Ramona asomando por la calle. —¡Corre, Davy, corre!

Y Davy corría con Ramona persiguiéndolo. Una vuelta tras otra en el patio, mientras la clase daba ánimos a Davy.

"Cuando ese chiquillo crezca un poquito, debe ir a correr pista y campo", dijo uno de los obreros del otro lado de la calle y Ramona lo oyó.

Una vez Ramona se le acercó tanto que pudo agarrar la ropa de Davy, pero él se desprendió, lo que hizo que se le cayeran los botones de la camisa. Davy dejó de correr un momento y dijo, en tono de acusación: —¡Fíjate lo que has hecho! ¡Mi mamá se va a enojar contigo!

Ramona paró de golpe. —Yo no hice nada,— dijo muy indignada. —Yo sólo agarré. Tú fuiste el que haló.

"Ahí viene la Srta. Binney", gritó alguien. Ramona y Davy corrieron a ponerse en fila junto a la puerta.

De ahí en adelante Davy se mantenía más lejos de Ramona que antes, lo cual ponía triste a Ramona porque ¡él era *tan* simpático y ella tenía tantas ganas de darle un beso! Sin embargo, Ramona no estaba tan triste como para dejar de perseguirlo. Una vuelta tras otra todas las mañanas hasta que llegaba la Srta. Binney.

Para entonces, la Srta. Binney había empezado a enseñarle a la clase otras cosas, además de los juegos, las reglas del kindergarten y el misterioso canto de "dawnzer". Ramona pensaba en el kindergarten como si estuviera dividido en dos partes. La primera parte era la de correr, lo que incluía entretenimientos, baile, pintura con los dedos y los juegos. La segunda parte se llamaba tarea inmediata. La tarea inmediata era asunto serio. Se esperaba que todo el mundo trabajara tranquilamente en su puesto sin molestar a nadie. A Ramona le resultaba muy difícil sentarse quieta porque ella siempre estaba interesada en lo que estaba haciendo todo el mundo.

—Ramona, mira tu propio trabajo,— le decía la Srta. Binney; y a veces, Ramona se acordaba de hacerlo.

La primera tarea inmediata fue que cada uno tuvo que hacer un dibujo de su casa. Ramona, que esperaba aprender a leer y escribir en la escuela, como su hermana Beezus, usó sus creyones nuevos para dibujar su casa con dos ventanas, una puerta y una chimenea roja. Con el creyón verde restregó unos arbustos. Cualquiera que conociera su vecindario podía reconocer su casa, pero Ramona no estaba satisfecha con el dibujo. Echó un vistazo alrededor para ver lo que estaban haciendo los demás.

Susan había hecho un dibujo de su casa y le estaba poniendo una chica con rizos de ping ping mirando por la ventana. Howie, que había dibujado su casa con la puerta del garaje abierta y un auto dentro, le estaba poniendo una motocicleta en la orilla de la acera. La casa de Davy parecía un club hecho por muchachos que tenían unas cuantas tablas y muy pocos clavos. Estaba ladeada de un modo raro.

Ramona examinó su propio dibujo y decidió hacerlo más interesante. Consideró varios colores y escogió el negro para dibujar varias espirales saliendo por las ventanas.

—No debes hacer garabatos en el dibujo,— dijo Howie, que también era dado a mirar lo que estaban haciendo los otros.

Ramona se indignó. —Yo no hice ningunos garabatos. El negro es parte de mi dibujo.

Cuando la Srta. Binney les pidió a los alumnos que pusieran los dibujos en la canal de la tiza* para que todos los vieran, todo el mundo notó enseguida el dibujo de Ramona porque estaba hecho con trazos fuertes, llenos de vigor, y por lo de las espirales negras.

* gis

—Srta. Binney, Ramona llenó su casa de garabatos,— dijo Susan, que ya había dado a conocer que era de esa clase de chicas a quienes les gusta jugar a la casa para poder hacer de mamás y mandar a todo el mundo.

—¡Nada de eso!— protestó Ramona, empezando a ver que su dibujo iba a ser mal entendido por todo el mundo. Tal vez se había equivocado al tratar de hacerlo interesante. Tal vez la Srta. Binney no quería dibujos interesantes.

—¡Pues sí, lo hiciste!— Joey corrió a la canal de la tiza y señaló las espirales negras de Ramona. —¡Miren!

Todos, inclusive Ramona, esperaban que la Srta. Binney dijera que Ramona no debía poner garabatos en su dibujo, pero la maestra simplemente sonrió y dijo: —A tu puesto, Joey. Ramona, vamos a ver si nos dices algo sobre tu dibujo.

—Yo no hice garabatos,— dijo Ramona.

—Seguro que no,— dijo la Srta. Binney.

El amor de Ramona por su maestra aumentó. —Bueno,— empezó,— eso negro no son garabatos. Es humo que sale de las ventanas.

—¿Y por qué sale por las ventanas?— preguntó la Srta. Binney con delicadeza.

—Porque hay fuego en el hogar y la chimenea está tapada,— explicó Ramona. —Está tapada con Santa Claus, pero él no se ve en el dibujo.— Ramona le sonrió tímidamente a la maestra. —Yo quise hacer un dibujo interesante.

La Srta. Binney también le sonrió. —Y de veras que lo hiciste interesante.

Davy se veía preocupado. —¿Cómo va a salir Santa Claus?— preguntó. —El no se queda allí, ¿verdad?

—Por supuesto que sale,— dijo Ramona. —No quise mostrar esa parte.

Al día siguiente, la tarea inmediata fue más difícil. La Srta. Binney dijo que todo el mundo tenía que aprender a escribir su nombre en letra de molde. Ramona se dio cuenta enseguida que eso de los nombres no era justo. Cuando la Srta. Binney le dio a cada uno una tira de cartulina con el nombre escrito, todo el mundo podía ver que una chica llamada Ramona tendría que trabajar más que una llamada

Ann o un chico llamado Joe. No es que a Ramona le molestara tener que trabajar más, ella tenía muchos deseos de aprender a leer y escribir. Pero siendo la menor de su familia y de su vecindario, había aprendido a reconocer las situaciones injustas.

Ramona escribió con todo cuidado la R, del mismo modo que la Srta. Binney lo había hecho. La A era fácil. Hasta un bebé podía escribir una A. La Srta. Binney dijo que la A tenía una punta como la de un sombrero de bruja . . . y Ramona tenía planes de disfrazarse de bruja para el desfile del día de las brujas, el 31 de octubre. La O también era fácil. Era un globo redondo. La O que hacían algunos parecía un globo agujereado, pero la O de Ramona era un globo lleno de aire.

—Me gusta la forma en que Ramona hace la O, como un globo lleno de aire,— dijo la Srta. Binney a la clase. Ramona no cabía en sí de la alegría. ¡A la Srta. Binney le gustaba más la O que hacía ella!

La Srta. Binney anduvo por todo el salón mirando por encima de los hombros. —Muy bien, niños y niñas. Varios hacen una A bonita,— dijo. —Una A con una bonita punta afilada. No, Davy, la D es para el otro lado. Magnífico, Karen. Me gusta la K de Karen, con una bonita línea trasera recta.

A Ramona le hubiera gustado tener una K en el nombre para hacerle una bonita línea trasera recta. Haciendo su trabajo, estaba encantada con la descripción de las letras que hacía la Srta. Binney. Frente a ella, Susan hacía su tarea y jugaba con uno de sus rizos. Se lo enredaba en un dedo, lo alargaba y lo soltaba. *Ping*, pensó Ramona automáticamente.

—Ramona, los ojos en nuestra tarea,— dijo la Srta. Binney, —No, Davy, la D es para el *otro* lado.

Una vez más, Ramona le hizo frente a su papel. Pronto se dio cuenta de que lo peor de su nombre era el número exacto de puntas para la M y la N. A veces el nombre le salía RANOMA, pero no tardó mucho en recordar que las dos puntas venían primero. —Buen trabajo, Ramona,— dijo la Srta. Binney la primera vez que Ramona escribió su nombre correctamente.

Ramona se felicitó y sintió aún más cariño hacia la Srta. Binney. Estaba segura de que pronto podría juntar todas las letras y escribir su nombre en la misma forma retorcida de adulto en que Beezus escribía su nombre.

Luego Ramona descubrió que ciertos chicos y chicas tenían una letra extra seguida por una bolita. —Srta. Binney, ¿por qué no tengo yo una letra con una bolita?— le preguntó.

—Porque sólo tenemos una Ramona,— dijo la Srta. Binney. —Tenemos dos Eric. Eric Jones y Eric Ryan. Los llamamos Eric J. y Eric R. porque no queremos confundirlos.

A Ramona no le gustaba perderse de nada. —¿Puedo yo también tener otra letra con una bolita?— preguntó, a sabiendas de que la Srta. Binney no pensaría que estaba molestando.

La Srta. Binney sonrió y se inclinó sobre la mesa de Ramona. —Por supuesto que sí. Esta es la manera de hacer una Q. Una bonita y redonda O con una colita como la de un gato. Y ahí está la bolita, que se llama punto.— La Srta. Binney siguió andando, supervisando la tarea inmediata.

Ramona estaba encantada con la inicial de su apellido. Dibujó una bonita O redonda, junto a la que había dibujado la Srta. Binney, y luego le agregó una cola antes de hacerse hacia atrás a admirar su trabajo. Tenía un globo y dos sombreros de bruja en su nombre y un gato en el apellido. Sin duda, nadie en el kindergarten de la mañana tenía un nombre tan interesante.

Al día siguiente, a la hora de la tarea inmediata, Ramona practicó su Q mientras la Srta. Binney ayudaba a los que tenían una S en su nombre. Todos ellos tenían dificultades con la S. —No, Susan,— dijo la Srta. Binney. —La

S es parada, no es acostada como si fuera un gusanito arrastrándose por el suelo.

Susan agarró uno de sus rizos y lo hizo rebotar.

Ping, pensó Ramona.

—Ay, aquí tenemos una S tras otra arrastrándose como gusanitos,— comentó la Srta. Binney.

Ramona estaba contenta de no tener una S en su nombre. Dibujó otra Q y la admiró un momento antes de añadirle dos orejitas puntiagudas. Luego le agregó dos bigotes a cada lado de modo que su Q parecía un gato cuando se agazapa en la alfombra en frente del hogar.

¡Qué gusto le daría a la Srta. Binney! La Srta. Binney le diría a los alumnos: "¡Qué magnífica Q ha hecho Ramona! ¡Es exactamente como un gato!"

—No, Davy,— estaba diciendo la Srta. Binney. —Una D no tiene cuatro esquinas. Tiene dos. Un lado es curvo como un petirrojo.

Esta conversación era tan interesante que Ramona sintió curiosidad por ver la D de Davy. Esperó que la Srta. Binney se fuera para escurrirse de su puesto hasta la mesa al lado de Davy. Qué desilusión. —Esa D no parece petirrojo,— le susurró. —No tiene plumas. Un petirrojo tiene plumas.— Ella había observado bien a los petirrojos tirando de las lombrices en el patio del frente de su casa. Todos tenían plumas en el pecho, suaves plumas ajadas por el viento.

Davy estudió su trabajo. Luego borró la mitad de su D y dibujó una serie de pinchitos. No se parecía a la D de la Srta. Binney, pero sí, en opinión de Ramona, se parecía más al pecho de un petirrojo, con plumas ajadas por el viento, que era lo que la Srta. Binney quería, ¿no? Una D como un petirrojo.

—Buen trabajo, Davy,— le dijo Ramona, tratando de imitar a su maestra. Tal vez ahora Davy le permitiría darle un beso.

—Ramona,— dijo la Srta. Binney. —A tu puesto, por favor.— La maestra volvió para ver el trabajo de Davy. —No, Davy. ¿No te dije que la curva de la D es tan lisa como un petirrojo? La tuya está toda llena de pinchos.

Davy parecía confuso. —Esas son plumas,— dijo. —Plumas como las de un petirrojo.

—Ay, lo siento, Davy. Yo no quise . . .

La Srta. Binney no sabía qué decir, o así parecía. —No quise decir que mostraras cada pluma. Lo que quise decir es que es lisa y redonda.

—Ramona me dijo que la hiciera de este modo,— dijo Davy. —Ramona me dijo que el petirrojo tiene plumas.

—Ramona no es la maestra del kindergarten.— La voz de la Srta. Binney, aunque no era exactamente de disgusto, no era tierna como de costumbre. —Tú vas a hacer la D del modo que yo te enseñé y no le vas a hacer caso a lo que te diga Ramona.

Ramona se sintió confusa. De repente, todo salía mal. La Srta. Binney había dicho que una D debe parecerse a un petirrojo, ¿no? Y los petirrojos tienen plumas, ¿no? Entonces, ¿por qué no estaba bien ponerle plumas a la D?

Davy le clavó los ojos a Ramona mientras borraba la mitad de la D por segunda vez. Borró tan fuerte que el papel se arrugó. —Fíjate lo que has hecho,— le dijo.

Ramona se sintió terriblemente mal. Su adorado Davy, a quien ella quería tanto, estaba molesto con ella; seguro que ahora iba a correr más rápido que nunca. Jamás podría darle un beso.

Y lo peor era que a la Srta. Binney no le gustaba la D con plumas, de modo que seguramente no le iba a gustar tampoco la Q con orejas y bigotes. Con mucha tristeza, y deseando que la maestra no viera lo que ella estaba haciendo, borró las orejas y los bigotes de la Q. Qué simple y pelada se veía ahora con sólo la cola para distinguirla de la O. La Srta. Binney, que comprendía que Santa Claus metido en la chimenea podía hacer que saliera humo del hogar, podría desilusionarse al ver que Ramona le había puesto orejas y bigotes a la Q, porque las letras y los dibujos eran dos cosas distintas.

Ramona adoraba tanto a la Srta. Binney que no quería decepcionarla. Jamás. La Srta. Binney era la maestra más encantadora del mundo entero.

CAPITULO 4

La maestra interina

La Sra. Quimby y la Sra. Kemp no tardaron mucho en decidir que había llegado la hora de que Ramona y Howie fueran a la escuela por su cuenta. La Sra. Kemp, con Willa Jean en su cochecito, llevó a Howie a casa de los Quimby, y la mamá de Ramona la invitó a tomar una taza de café.

—Pon todas tus cosas a salvo,— le advirtió Howie a Ramona cuando su mamá estaba sacando a su hermanita del coche. —Willa Jean gatea por todas partes y todo se lo mete en la boca.

Agradecida por la advertencia, Ramona cerró la puerta de su dormitorio.

—Bueno, Howie, asegúrate de mirar bien para todos lados antes de cruzar la calle,— le advirtió su mamá.

—Y tú también, Ramona,— dijo la Sra. Quimby. —Y otra cosa: caminen. Caminen por la acera. No vayan a correr por la calle.

—Crucen por la línea de seguridad,— dijo la Sra. Kemp.

—Y esperen al guía de tránsito al pie de la escuela,— dijo la Sra. Quimby.

—Y no le hablen a ningún desconocido,— dijo la Sra. Kemp.

Ramona y Howie, bajo el peso de la responsabilidad de ir a la escuela por su cuenta, empezaron su difícil marcha calle abajo. Howie estaba más desanimado que de costumbre, porque él era el único del kindergarten de la mañana que llevaba pantalones de dril con un solo bolsillo trasero. Los pantalones de los otros chicos tenían dos.

—Es una tontería,— dijo Ramona, aún inclinada a ser impaciente con Howie. Si a Howie no le gustaban sus pantalones, ¿por qué no formaba una tremenda gritería por el asunto?

—No, no es tontería,— la contradijo Howie. —Los pantalones con un solo bolsillo atrás son aniñados.

Al llegar a la calle transversal, Ramona y Howie se detuvieron y miraron a ambos lados. Vieron un carro que venía a una cuadra de distancia y esperaron. Esperaron y esperaron. Cuando, por fin, pasó el carro, vieron otro carro que venía a una cuadra de distancia en dirección opuesta. Esperaron más. Finalmente, sin nada a la vista, cruzaron la calle a toda prisa con las piernas tensas por el apuro. "¡Uffff!" dijo Howie, aliviado porque habían cruzado sanos y salvos.

La siguiente bocacalle fue más fácil porque Henry Huggins, con su suéter rojo y gorra amarilla de distintivo, era el guía de tránsito de turno. A Ramona no le impresionaba Henry, aunque a él a veces le tocaba detener camiones de cemento y de madera que llevaban material para el mercado en construcción frente a la escuela. Ella conocía a Henry y a su perro Ribsy desde pequeñita, y admiraba a Henry no sólo porque era guía de tránsito sino también porque repartía periódicos.

Ahora Ramona miraba a Henry, que estaba de pie con las piernas abiertas y las manos entrelazadas en la espalda. Ribsy estaba sentado junto a él, como si también estuviera observando el tránsito. Sólo para probar a Henry, Ramona se bajó del borde de la acera.

—Sube al borde, Ramona,— le ordenó Henry por sobre el ruido de la construcción de la esquina.

Ramona puso un pie en la acera.

—Del todo, Ramona,— dijo Henry.

Ramona se paró con ambos talones en el borde, pero los dedos le sobresalían sobre la cuneta. Henry no podía decir que no estaba parada en el borde, de modo que sólo le clavó la mirada. Cuando había varios chicos y chicas esperando para cruzar la calle, Henry se dirigió al otro lado con Ribsy pavoneándose a su lado.

—Márchate, Ribsy,— dijo Henry entre dientes. Ribsy no le hizo caso.

Henry dio una rápida media vuelta en frente

de Ramona, como soldado de verdad. Ramona marchó lo más cerca posible de Henry. Los otros chicos se echaron a reír.

En la orilla opuesta, Henry trató de dar otra media vuelta militar, pero lo que hizo fue tropezar con Ramona. —¡Caramba, Ramona!— le dijo muy molesto. —¡Si no te dejas de eso, te voy a reportar!

—Nadie reporta a los del kindergarten,— se burló un chico más grande.

—Bueno, yo voy a reportar a Ramona si no se deja de eso,— dijo Henry. Se veía a las claras que Henry se lamentaba porque le había tocado la mala suerte de cuidar la bocacalle por donde cruzaba Ramona.

Entre el cruzar la calle sin ningún adulto y recibir tanta atención de Henry, a Ramona le pareció que el día había comenzado muy bien. Sin embargo, cuando ella y Howie se acercaron al edificio del kindergarten, vio enseguida que algo andaba mal. La puerta del kindergarten ya estaba abierta. Nadie estaba jugando en los trapecios. Nadie corría por el patio. Ni siquiera nadie esperaba en la fila junto a la puerta. Lo que había eran chicos y chicas juntos, en grupitos, como ratones asustados. Todos se veían preocupados y de vez en cuando alguien, dándoselas de valiente, corría a la puerta, se asomaba y corría de nuevo a uno de los grupos a dar información.

—¿Qué es lo que pasa?— preguntó Ramona.

—La Srta. Binney no está,— susurró Susan. —Está otra señora.

—Una maestra interina,— dijo Eric R.

¡La Srta. Binney no está! Susan debe estar equivocada. La Srta. Binney tiene que estar. El kindergarten no sería el kindergarten sin la Srta. Binney. Ramona corrió a la puerta para estar segura. Susan tenía razón. La Srta. Binney no estaba. La mujer que estaba ocupada en el escritorio de la Srta. Binney era más alta y de más edad. Tenía edad para ser mamá. Llevaba un vestido color café y unos zapatos regulares.

A Ramona no le gustó ni un poquito lo que vio, de modo que corrió al grupito de compañeros. —¿Qué vamos a hacer?— preguntó, sintiéndose como si la Srta. Binney la hubiera abandonado. No estaba bien que su maestra se fuera a casa y no volviera.

—Creo que me voy para mi casa,— dijo Susan.

Ramona pensó que esta actitud era una niñería de Susan. Ella había visto lo que pasaba cuando los chicos y chicas se iban del kindergarten a su casa. Sus mamás los mandaban de regreso inmediatamente, eso era lo que pasaba. No, regresar a la casa no era la solución.

—Apuesto a que la maestra interina ni siquiera conoce las reglas de nuestro kindergarten,— dijo Howie.

Todos estuvieron de acuerdo en esto. La Srta. Binney había dicho que era importante cumplir con las reglas del kindergarten. ¿Cómo iba a saber esta desconocida las reglas del kindergarten? Una desconocida ni siquiera iba a saber el nombre de nadie. A lo mejor confundía todos los nombres.

Aún creyendo que la Srta. Binney los había traicionado al no ir a la escuela, Ramona decidió no ir al kindergarten con una maestra interina. Nadie la iba a hacer entrar. ¿Pero adónde podría ir? No podía ir para su casa porque su mamá la haría regresar. No podía ir al edificio principal de la escuela Glenwood porque todo el mundo iba a saber que una chica de su tamaño debía estar en el kindergarten. Tenía que esconderse, pero, ¿dónde?

Cuando sonó la primera campana, Ramona comprendió que no le quedaba mucho tiempo. No había donde esconderse en el patio del kindergarten, de modo que se escurrió detrás del pequeño edificio y se unió a los chicos y chicas que iban llegando al edificio de ladrillo rojo.

—¡Bebé de kindergarten!— le gritó un chico de primer grado.

—¡Cara de torta!— contestó Ramona con mucho ánimo. Sólo veía dos lugares donde esconderse: detrás de las rejillas para bicicletas o detrás de una hilera de basureros. Ramona es-

cogió los basureros. Cuando los últimos chicos entraron al edificio, se puso en cuatro pies y gateó al espacio que había entre los basureros y la pared de ladrillo rojo.

Sonó la segunda campana. "¡Uno, dos, tres, cuatro! ¡Uno, dos, tres, cuatro!" Los guías de tránsito iban marchando desde sus puestos en las bocacalles que rodeaban la escuela. Ramona se acuclilló, inmóvil, sobre el asfalto. "¡Uno, dos, tres, cuatro!" Los guías de tránsito, cabeza en alto, ojos al frente, marchaban hacia el edificio después de pasar frente a los basureros. El patio quedó en silencio y Ramona quedó sola.

Ribsy, el perro de Henry, que había seguido a los chicos hasta la puerta de la escuela, se fue trotando tras el olor que despedían los basureros. Puso la nariz en el suelo y los olfateó; Ramona estaba acuclillada, inmóvil, con el duro asfalto hundiéndosele en las rodillas. La activa nariz de Ribsy lo llevó frente a frente con Ramona.

—¡Guau!— dijo Ribsy.

—¡Ribsy, vete!— le ordenó Ramona en un susurro.

—¡Guu—aa—uu!— Ribsy sabía que Ramona no debía estar detrás de los basureros.

—¡Cállate!— El susurro de Ramona fue lo más feroz que pudo. En el kindergarten, los alumnos cantaron el canto del "dawnzer". La desconocida, por lo menos, sabía eso sobre el kindergarten. Después del canto, el kindergarten quedó en silencio. Ramona se preguntaba si la maestra sabía que dime y te diré era lo que seguía. Se esforzó por oír, pero no oyó ninguna actividad en el pequeño edificio.

Ramona, que sólo llevaba un suéter finito, empezó a sentirse en ese espacio entre la pared roja de ladrillo y los basureros como si estuviera en una refrigeradora. El asfalto le cavaba las rodillas, de modo que se sentó con los pies extendidos hacia la nariz de Ribsy. Los minutos se le hacían eternos.

Con la excepción de Ribsy, Ramona estaba sola. Se recostó contra los fríos ladrillos de la pared y sintió lástima de sí misma. Pobrecita Ramona, solita, excepto por Ribsy, detrás de los basureros. La Srta. Binney se sentiría muy mal si supiera lo que, por culpa de ella, había hecho

Ramona. Y también si supiera del frío y la soledad en que se encontraba Ramona. Ramona sintió tanta lástima por la pobre niña temblorosa que estaba detrás de los basureros, que le corrió por las mejillas una lágrima . . . y luego otra. Aspiró lastimeramente. Ribsy abrió un ojo, la miró y lo volvió a cerrar. Ni siquiera al perro de Henry le importaba lo que le estaba pasando a ella.

Un rato después, Ramona oyó al grupo del kindergarten corriendo y riéndose afuera. Qué deslealtad de todos, divirtiéndose de tal manera cuando la Srta. Binney había abandonado su clase. Ramona se preguntaba si la habían echado de menos en el kindergarten y si alguien había correteado a Davy para tratar de darle un beso. Luego Ramona se debió quedar dormida, porque de lo que se dio cuenta después fue que era el recreo y el patio estaba lleno de chicos y chicas mayores que gritaban y chillaban y tiraban pelotas. Ribsy se había ido. Tiesa por el frío, Ramona se encogió lo más que pudo. Una pelota rebotó con un pum contra un basurero. Ramona apretó bien los ojos, deseando que nadie la pudiera ver a ella, ya que ella no podía ver a nadie.

Se oyeron pasos que corrían hacia la pelota.

—¡Miren!— exclamó un muchacho. —¡Aquí hay una chiquilla escondida!

Ramona abrió los ojos de repente. —¡Vete!— le dijo con fiereza al muchacho desconocido que la miraba por encima de los basureros.

—¿Por qué estás escondida allí?— le preguntó el muchacho.

—¡*Vete*!— le ordenó Ramona.

—¡Oye, Huggins!— grito el muchacho. —¡Aquí hay una chiquilla que vive cerca de tu casa!

En un segundo Henry estaba mirando a Ramona por encima de los basureros. —¿Qué estás haciendo allí?— le preguntó. —Se supone que debes estar en el kindergarten.

—Métete en tus propias cosas,— le dijo Ramona.

Naturalmente, cuando los dos muchachos se asomaron detrás de los basureros, prácticamente toda la escuela se acercó a ver qué había de interesante. —¿Qué está haciendo?— se preguntaban. —¿Y por qué está escondida? ¿Sabe su maestra que está aquí?

En medio de tanta confusión, Ramona sintió un nuevo malestar.

—Busquen a su hermana,— dijo alguien. —Traigan a Beezus. Ella va a saber qué hacer.

Nadie tuvo que ir por Beezus. Ya ella estaba allí. —¡Ramona Geraldine Quimby!— le dijo. —¡Sal de ahí en el acto!

—¡No!— dijo Ramona, a sabiendas de que no podría quedarse allí mucho más.

—¡Ramona, espera a que mamá se entere de esto!— estalló Beezus. —¡Te van a zurrar!

Ramona sabía que Beezus tenía razón, pero una zurra de su mamá no era lo que le preocupaba en este momento.

—Ahí viene la maestra de turno,— dijo alguien.

Ramona tuvo que admitir que estaba vencida. Primero se puso en cuatro pies y luego se levantó, dispuesta a hacerle frente al gentío al otro lado de los basureros, cuando la maestra de turno vino a investigar la causa del bullicio.

—¿No eres tú del kindergarten?— le preguntó la maestra de turno.

—Yo no voy a ir al kindergarten,— dijo la terca Ramona, y le echó una mirada de angustia a Beezus.

—Se supone que ella debe estar en el kindergarten,— dijo Beezus, —pero tiene que ir al baño . . . — A los alumnos mayores les pareció tan gracioso, que Ramona se disgustó y estaba a punto de llorar. Eso no tenía nada de cómico y si no se daba prisa . . .

La maestra de turno miró a Beezus. —Llévala al baño y luego a la oficina de la directora. Ella averiguará cuál es el problema.

Las primeras palabras fueron de alivio para Ramona, pero las últimas fueron de temor. A nadie del kindergarten de la mañana lo habían mandado a la oficina de la Srta. Mullen en el edificio grande, excepto a llevar una nota de la Srta. Binney, y en ese caso los chicos iban en parejas, porque el mandado daba un poquito de miedo. —¿Qué me va a hacer la directora?— le preguntó Ramona a Beezus cuando la llevaba al baño de las niñas en el edificio grande.

—No lo sé,— dijo Beezus. —Tal vez va a hablar contigo, o tal vez llame a mamá. Ramona, ¿por qué hiciste semejante burrada de esconderte detrás de los basureros?

—Porque sí.— Ramona estaba molesta porque Beezus estaba tan contrariada. Cuando salieron del baño, Ramona, a regañadientes, se dejó llevar a la dirección, donde se sintió chiquitita y asustada aunque trató de ocultarlo.

—Esta es mi hermanita Ramona,— le explicó Beezus a la secretaria de la Srta. Mullen en la oficina anterior. —Está en kindergarten, pero se escondió detrás de los basureros.

La Srta. Mullen tal vez oyó algo porque salió de su oficina. Con lo asustada que estaba, Ramona se preparó para decir: ¡No voy a regresar al kindergarten!

—Bueno. ¿Qué tal, Ramona?— dijo la Srta. Mullen. —Está bien, Beatrice. Puedes regresar a tu salón. Yo quedo encargada.

Ramona quería estar cerca de su hermana pero Beezus salió de la oficina, dejándola sola con la directora, la persona más importante de toda la escuela. Ramona se sintió pequeñita y digna de lástima, con sus rodillas todavía marcadas donde el asfalto le había cavado. La Srta. Mullen sonrió como si el comportamiento de Ramona no fuera de particular importancia y dijo: —¿No es una pena que la Srta. Binney haya tenido que quedarse en casa con dolor de garganta? Yo sé que fue una sorpresa para ti encontrar a una maestra desconocida en el salón del kindergarten.

Ramona se preguntaba cómo era que la Srta. Mullen sabía tanto. La directora ni se tomó el trabajo de preguntar qué estaba haciendo Ramona detrás de los basureros. No sentía la menor lástima por la pobrecita chiquilla con las rodillas cavadas. Simplemente tomó a Ramona de la mano y le dijo: —Yo te voy a presentar a la Sra. Wilcox. Sé que te va a gustar,— y se dirigió a la puerta.

Ramona se sintió algo ofendida porque la Srta. Mullen no quiso saber por qué había estado ella escondida todo ese tiempo. La Srta. Mullen ni siquiera se fijó en su cara triste manchada de lágrimas. Ramona había sentido tanto frío, soledad y desdicha que creía que la Srta.

Mullen debería mostrar algo de interés. Ella había esperado que la directora dijera, más o menos: ¡Ay, pobrecita! ¿Por qué estabas escondida detrás de los basureros?

Cuando Ramona entró en el salón con la directora, la expresión de la cara de sus compañeros valió por la falta de interés de la Srta. Mullen—grandes ojazos, boquiabiertos, caras de sorpresa. Ramona estaba fascinada de ver a todos sus compañeros sentados en sus puestos con los ojos clavados en ella. *Ellos* sí estaban preocupados por ella. A *ellos* sí les importaba lo que le pasaba a ella.

—Ramona, ésta es la maestra interina, la Sra. Wilcox,— dijo la Srta. Mullen. A la maestra le dijo: —Ramona anda un poquito atrasada esta mañana.— Eso fue todo. Ni una palabra sobre el frío y malestar que Ramona había tenido. Ni una palabra sobre la valentía de Ramona al esconderse hasta el recreo.

—Me alegro de verte, Ramona,— dijo la Sra. Wilcox cuando la directora salió. —La clase está dibujando con creyones. A ti, ¿qué te gustaría dibujar?

Tarea inmediata. Y la Sra. Wilcox ni siquiera los tenía haciendo tarea inmediata de verdad sino haciendo dibujos como si éste fuera el primer día de clases. Ramona estaba de lo más inconforme. Las cosas no debían ser así. Miró a Howie que estaba rayando y rayando con un creyón azul para hacer el cielo en la parte superior de su dibujo; y a Davy, que estaba dibujando a un hombre cuyos brazos parecían salirle de los oídos. Estaban ocupados y contentos dibujando lo que querían.

—Me gustaría hacer unas cuantas Q,— dijo Ramona, inspirada de repente.

—¿Usar qué?— preguntó la Sra. Wilcox, con una hoja de papel de dibujo en la mano.

Ramona sabía desde el principio que la maestra interina no podía ser tan inteligente como la Srta. Binney, pero por lo menos esperaba que supiera lo que era la letra Q. Todos los mayores, se suponía, sabían lo que era la letra Q. —Nada,— dijo Ramona tomando el papel y, muy feliz y pagada de sí misma, bajo la mirada de admiración del kindergarten, se fue a su puesto.

Por fin Ramona podía dibujar la Q a su manera. Olvidadas la soledad e incomodidad de la mañana, dibujó una hilera de letras Q muy bien hechas, a la Ramona, y se hizo el cargo de que, después de todo, una maestra interina no estaba del todo mal.

La Sra. Wilcox fue de un lado a otro mirando los dibujos. —Vaya, Ramona,— dijo haciendo una pausa frente al escritorio de Ramona, —¡qué gatitos tan encantadores has dibujado! ¿Tienes gatitos en tu casa?

Ramona sintió lástima por la pobre Sra. Wilcox, una maestra, una persona mayor, que no conocía la Q. —No,— contestó. —Nuestro gato es macho.

CAPITULO 5

El anillo de compromiso de Ramona

—¡No!— dijo Ramona la primera mañana lluviosa después que era alumna del kindergarten.

—Sí,— dijo la Sra. Quimby.

—¡No!— dijo Ramona. —¡No y no!

—Ramona, sé razonable,— dijo la Sra. Quimby.

—Yo no quiero ser razonable,— dijo Ramona. —¡Odio ser razonable!

—Vamos, Ramona,— dijo su mamá; y Ramona sabía que iba a razonar con ella. —Tienes un impermeable nuevo. Las botas son caras y las botas usadas de Howie están en perfecto estado. Las suelas apenas si están gastadas.

—No brillan arriba,— le dijo Ramona a su mamá. —Y además, son color café. Las botas cafés son de varones.

—Pero te mantienen secos los pies,— dijo la Sra. Quimby, —y para eso es que son las botas.

Ramona se dio cuenta que parecía irritada pero no podía evitarlo. Sólo a los mayores se les podía ocurrir que las botas eran para mantener secos los pies. Cualquiera en el kindergarten sabía que una chica debía llevar botas brillantes rojas o blancas el primer día lluvioso, no para mantener secos los pies, sino para farolear. Para eso es que eran las botas—para farolear, vadear, chapotear, pisotear.

—Ramona,— dijo la Sra. Quimby muy severa. —Me cambias esa cara en el acto. O te pones estas botas o te quedas en casa hoy.

Ramona comprendió que su mamá hablaba en serio, y como adoraba el kindergarten, se sentó en el piso y de mala gana se puso las odiosas botas color café que no hacían juego con su impermeable floreado y su sombrero.

Howie llegó con un impermeable encerado amarillo que le quedaba bastante grande y que le serviría por lo menos dos años, y un sombrero de lluvia amarillo que por poco le tapaba la cara. Debajo del impermeable, Ramona pudo entrever un par de brillantes botas color café, que se imaginó que tendría que usar ella algún día, cuando estuvieran viejas, sin brillo y sucias.

—Esas son mis botas viejas,— dijo Howie, mirando los pies de Ramona cuando se encaminaron a la escuela.

—No se lo vas a decir a nadie.— Ramona caminó lentamente con pies que le pesaban mucho para levantarlos. Era una mañana perfecta para alguien que tuviera botas nuevas. Había llovido bastante durante la noche y las cunetas se había llenado de lodo que formaba corrientes y en las aceras había montones de lombrices de los jardines, retorciéndose.

Esta mañana, la bocacalle que daba a la escuela estaba más tranquila que nunca porque la lluvia había interrumpido el trabajo del mercado en construcción. Ramona estaba tan deprimida que ni siquiera le tomó el pelo a Henry

Huggins cuando la ayudó a cruzar la calle. El patio del kindergarten, tal como lo esperaba ella, estaba lleno de chicos y chicas con impermeables, la mayoría muy grandes, y botas, la mayoría, nuevas. Las niñas tenían varias clases de impermeables y botas rojas o blancas—todas menos Susan: ella llevaba sus botas blancas nuevas en la mano para que no se le enlodaran. Los chicos se veían igualitos porque todos tenían impermeables y sombreros amarillos y botas color café. Ramona no estaba segura de cuál era Davy, aunque eso no le importaba esta mañana. Se sentía los pies demasiado pesados para corretear a nadie.

Parte de la clase se había puesto en fila, como era debido, junto a la puerta, esperando a la Srta. Binney; el resto corría, patullando, chapoteando, pisoteando.

—Tus botas son de varón,— le dijo Susan a Ramona.

Ramona no le contestó. Lo que hizo fue que agarró una lombriz rosadita que estaba retorciéndose en el patio y, sin pensarlo realmente, se la enrolló en el dedo.

—¡Miren!— gritó Davy bajo su enorme sombrero de lluvia. —¡Ramona tiene un anillo que es una *lombriz*!

A Ramona no se le había ocurrido pensar en la lombriz como anillo, pero enseguida vio lo interesante de la idea. —¡Mira mi anillo!— gritó casi empujando el puño hasta la cara que se encontraba más cerca.

Lo de las botas se olvidó por el momento. Todo el mundo gritaba y corría lejos de Ramona para evitar que le enseñara el anillo.

"¡Mira mi anillo!" "¡Mira mi anillo!" gritaba Ramona corriendo de un lado a otro con pies que, de repente, le pesaban mucho menos.

Cuando la Srta. Binney asomó por la esquina, todos corrieron a hacer fila junto a la puerta. —¡Srta. Binney! ¡Srta. Binney!— Cada uno quería ser el primero en contárselo. —¡Ramona se ha hecho un anillo con una lombriz!

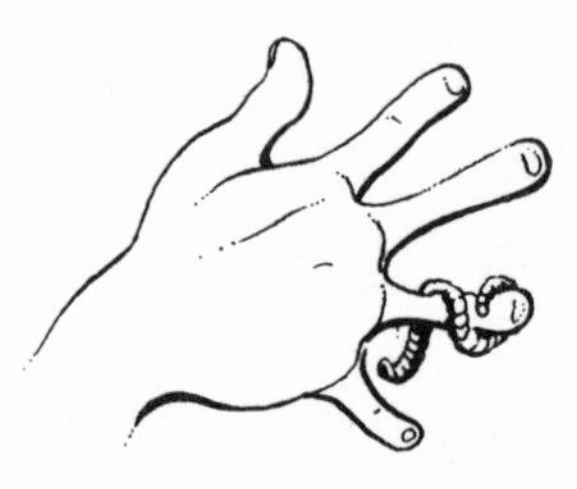

—Es una lombriz rosadita,— dijo Ramona extendiendo la mano. —No es una lombriz ya blanca y muerta.

—Oh, . . . qué linda lombriz,— dijo la Srta. Binney valientemente. —Es tan lisita . . . y rosadita.

Ramona explicó algo más. —Es mi anillo de compromiso.

—¿Con quién estás comprometida?— le preguntó Ann.

—Todavía no he decidido,— contestó Ramona.

—Conmigo no,— chilló Davy.

—Conmigo tampoco,— dijo Howie.

—Ni conmigo,— dijo Eric R.

—Bueno . . . eh . . . Ramona . . .— La Srta. Binney tuvo que rebuscar las palabras. —Me parece que no debes llevar tu . . . anillo cuando estás en el kindergarten. ¿Por qué no lo dejas en un charquito en el patio para que . . . se mantenga fresco?

Ramona hacía con gusto cualquier cosa que la Srta. Binney le dijera. Se desenvolvió la lombriz del dedo y la puso con todo cuidado en un charquito, donde se quedó, debilitada e inmóvil.

De allí en adelante, Ramona corría por el patio con una lombriz enrollada en el dedo cada vez que su mamá la hacía ponerse las botas viejas de Howie para ir a la escuela; y cuando todos le preguntaban con quién estaba comprometida, siempre respondía: "No lo he decidido aún".

"Conmigo no", decía siempre Davy, seguido por Howie y Eric R. y cualquier otro chico que por casualidad estuviera cerca.

Un sábado, la Sra. Quimby examinó los zapatos raspados de Ramona y descubrió no sólo que tenía los tacones gastados sino que el cuero que cubría los dedos estaba roto porque Ramona paraba su triciclo de dos ruedas arrastrando los dedos en el concreto. La Sra. Quimby hizo que Ramona se parara mientras ella le tocaba los pies por encima del cuero.

—Necesitas zapatos nuevos,— dijo la Sra. Quimby. —Ponte el chaleco y las botas y nos vamos al centro comercial.

—Pero si no está lloviendo,— dijo Ramona. —¿Por qué me tengo que poner las botas?

—Para ver si quedan bien con los zapatos nuevos adentro,— contestó su mamá. —Date prisa, Ramona.

Cuando llegaron a la zapatería, el dependiente favorito de Ramona dijo, cuando ella y su mamá se sentaron: —¿Qué le pasa a mi pequeña Petunia hoy? ¿No me va a dar una sonrisa?

Ramona dijo que no con la cabeza y miró con tristeza y angustia una hilera de lindas botas brillantes para niñas, al otro lado de la tienda. Y ella, allí sentada con las deslucidas botas viejas de Howie, color café, a su lado. ¿Cómo podía sonreír? Una chiquitina de guardería, con botas rojas nuevas, se estaba meciendo de lo más encantada en el caballo de juguete de la zapatería mientras su mamá pagaba las botas.

—Bueno, vamos a ver en qué te puedo servir,— dijo el dependiente rápidamente, mientras le quitaba los zapatos a Ramona y la hacía pararse con el pie en la medida. Casi enseguida encontró un par de zapatos con cordones, adecuado para ella.

—Ahora, pruébate las botas,— dijo la Sra. Quimby con voz seria cuando Ramona había caminado de un lado a otro de la tienda con sus zapatos nuevos.

Por un instante, mientras Ramona se sentaba en el piso y agarraba una de las odiosas botas, pensó que podría hacer ver que no se la podía poner. Sin embargo, ella sabía bien que no se lo iban a creer, porque el dependiente conocía perfectamente a los chiquillos y entendía de zapatos. Dio tirones y estirones hasta que al fin logró meter casi todo el pie. Cuando se paró, tenía el pie en puntillas dentro de la bota. Su mamá dio otro estirón y el zapato entró completamente en la bota.

—Ahí está,— dijo la Sra. Quimby. Ramona dio un suspiro.

La chiquitina de guardería dejó de mecerse para anunciar al mundo entero: "Tengo botas nuevas".

—Dime, Petunia,— dijo el dependiente. —¿Cuántos niños hay en el kindergarten?

—Veintinueve,— dijo la triste Ramona. Veintinueve, la mayoría con botas nuevas. La contenta chiquitina de guardería bajó del caballo, tomó su globo de regalo y se fue con su mamá.

El dependiente se dirigió a la Sra. Quimby. —A las maestras de kindergarten les gusta que las botas queden flojas para que los chicos se las puedan poner y quitar solos. Posiblemente la maestra de Petunia no tiene tiempo para ayudar a poner y quitar cincuenta y ocho botas.

—A mí no se me había ocurrido eso,— dijo la Sra. Quimby. —Tal vez debemos ver las botas, después de todo.

—Apuesto que a Petunia le gustarían unas botas rojas,— dijo el dependiente.

Ramona se puso radiante y el hombre añadió:

—Yo tenía la corazonada de que esto te haría sonreír.

Cuando Ramona salió de la zapatería con sus lindas botas rojas, botas de *niña*, en una cajeta, que ella misma llevaba, se sentía tan rebosante de alegría que soltó el globo, sólo para verlo subir y subir por el estacionamiento; para verlo remontarse en el cielo hasta que era sólo un puntito rojo contra las nubes grises. Las duras suelas de sus zapatos nuevos hacían un ruido tan agradable en el pavimento que empezó a corvetear como un caballito. No, ella era uno de los Tres Cabritos Gruff, el más pequeño, brincando alegremente en el puente donde estaba escondido el duende. Ramona brincó alegremente hasta el carro y cuando llegaron a la casa brincó de un lado a otro, por el pasillo y luego por toda la casa.

—Por el amor de Dios, Ramona,— dijo la Sra. Quimby cuando estaba poniendo el nombre de Ramona en las botas nuevas,—¿es que no puedes caminar?

—Cuando soy el Cabrito Gruff más pequeño, no,— contestó Ramona y se fue brincando por el pasillo hasta su cuarto.

Por mala suerte, no llovió la mañana siguiente y Ramona dejó sus botas nuevas en casa y se fue dando brincos a la escuela, donde no tuvo la menor oportunidad de pescar a Davy porque él podía correr más rápido que ella con sus zapatos nuevos duros. Fue brincando hasta su puesto y más tarde, como ella era la monitora de arte, la que daba el papel de dibujo, brincó a la casilla de materiales y brincó de puesto en puesto repartiendo papel.

—Ramona, sería mejor que caminaras en silencio,— dijo la Srta. Binney.

—Yo soy el más pequeño de los Cabritos Gruff,— explicó Ramona. —Tengo que brincar.

—Puedes brincar afuera.— La voz de la Srta. Binney era firme. —No puedes brincar dentro del salón.

A la hora de los juegos, todos se volvieron Cabritos Gruff y brincaron por el patio, pero nadie con tanta alegría ni tanto ruido como Ramona. Ramona notó que se habían empezado a formar nubes oscuras y amenazadoras.

Exactamente, esa noche empezó a llover y durante toda la noche estuvo la lluvia golpeando el lado sur de la casa de los Quimby. La mañana siguiente, Ramona, con botas e impermeable nuevos, salió mucho antes de que Howie llegara para ir con ella a la escuela. Vadeó por el césped mojado y las botas se pusieron más brillantes con el agua. Pisoteó en todos los charquitos a la entrada del garaje. Se paró en la cuneta y dejó que el agua enlodada corriera sobre los dedos de sus lindas botas nuevas. Recogió hojas mojadas para poner una presa en la cuneta y tener agua más profunda en que pararse. Howie, como era de esperarse, estaba acostumbrado a sus botas y no tenía el menor entusiasmo. Sin embargo, a él le gustaba pisotear en los charquitos, de modo que ambos pisotearon y chapotearon hasta llegar a la escuela.

Ramona se detuvo en la bocacalle donde estaba de turno Henry Huggins con su impermeable amarillo, sombrero de lluvia y botas color café. —Mira ese lodo, qué bueno está,— dijo ella indicando el área que iba a ser el estacionamiento del nuevo mercado. Era un lodo bueno, rico y oscuro, con charcos y riachuelos por donde habían pasado los camiones de la construcción. Era el mejor lodo, el lodo más enlodado, el lodo más tentador que Ramona jamás había visto en su vida. Lo mejor de todo era que como estaba tan lluvioso no había obreros en la construcción que le dijeran a nadie que no se metiera en el lodo.

—Ven, Howie,— dijo Ramona. —Voy a ver cómo resultan mis botas en el lodo.— Claro está que sus brillantes botas se enlodarían pero entonces se daría el gusto de lavarlas con la manguera esa tarde a la salida del kindergarten.

Howie ya iba cruzando la calle detrás de Henry.

Cuando Henry dio su rápida media vuelta en la orilla contraria, vio que Ramona se había quedado al otro lado. —Debiste cruzar conmigo,— le dijo. —Ahora tienes que esperar hasta que venga más gente.

—A mí no me importa,— dijo Ramona muy contenta y se dirigió al lodo enlodado.

—¡Ramona, ven para acá!— le gritó Henry. —Te vas a meter en un lío.

LOWELL SCHOOL
625 S. 7th ST.
SAN JOSE, CA 95112

—Los guías de tránsito no deben hablar cuando están de turno,— le recordó Ramona y se dirigió derecho al lodo. Para sorpresa suya, los pies le empezaron a resbalar. Ella no tenía idea de que el lodo fuera tan resbaloso. Arreglándoselas como pudo para no caerse, puso cada bota despacio y con cuidado, antes de sacar la otra del lodo que tragaba. Alegremente le hizo señales a Henry, que parecía estar pasando por alguna lucha interior. Abría la boca como quien quiere decir algo, y luego la volvía a cerrar. Ramona también hizo señales a los compañeros del kindergarten, que la estaban observando por la cerca del patio.

Con cada paso que daba, más lodo se le

pegaba a las botas. —¡Miren mis patas de elefante!— gritó. Las botas se estaban poniendo cada vez más pesadas.

Henry se rindió. —¡Te vas a quedar atascada!— le gritó.

—¡No, qué va!— insistió Ramona sólo para descubrir que no podía levantar su bota derecha. Trató de levantar la bota izquierda, pero estaba atascada de verdad. Agarró el borde de una de sus botas con ambas manos y trató de levantar el pie, pero no lo pudo mover. Trató de alzar el otro pie, pero tampoco lo pudo mover. Henry tenía razón. A la Srta. Binney no le iba a gustar lo que había pasado, pero lo cierto es que Ramona estaba atascada.

—¡Yo te lo dije!— gritó Henry a pesar de que el reglamento del tránsito se lo prohibía.

Ramona sentía cada vez más calor dentro de su impermeable. Haló y levantó. Pudo mover los pies, uno a uno, dentro de las botas, pero por más que tiraba y estiraba con las manos no pudo sacar sus preciosas botas del lodo.

Ramona sentía más y más calor. Jamás podría salir de este lodo. Las clases empezarían sin

ella; ella se quedaría sola en el lodo. A la Srta. Binney no le iba a gustar que estuviera en el lodo cuando debía estar adentro cantando el canto de "dawnzer" y haciendo tarea inmediata. La barbilla le empezó a temblar a Ramona.

—¡Mire a Ramona! ¡Mire a Ramona!— chillaron los alumnos del kindergarten cuando la Srta. Binney apareció en el patio con un impermeable y una capucha en la cabeza.

—¡Ay, Dios mío!— dijo la Srta. Binney y Ramona la oyó.

Los choferes de los carros se paraban a mirar y sonreían a la vez que en las mejillas de Ramona se mezclaban las lágrimas con la lluvia. La Srta. Binney cruzó la calle chapoteando. —Bendito Dios, Ramona, ¿cómo te vamos a sacar de aquí?

—N-n-no sé,— sollozó Ramona. La Srta. Binney no podía quedarse atascada en el lodo también. El kindergarten de la mañana la necesitaba.

Un hombre gritó desde un carro: —Tienen que usar unos tablones.

—Lo único que harían los tablones sería hundirse en toda esa mugre,— dijo alguien que pasaba por la acera.

Sonó la primera campana. Ramona sollozó más fuerte. Ahora la Srta. Binney tendría que irse a la escuela y dejarla a ella afuera, sola en el lodo, la lluvia y el frío. Para entonces, varios de los chicos y chicas mayores la estaban observando desde las ventanas de la escuela grande.

—No te preocupes, Ramona,— le dijo la Srta. Binney. —De algún modo te sacamos.

Ramona, que quería ser servicial, sabía lo que pasaba cuando un carro se atascaba en el lodo. —¿Podría Ud. llamar a un camión de remolque?— dijo dando un gran suspiro. Ya se veía sacada del lodo de un tirón por una gruesa cadena enganchada a su impermeable. La imagen le pareció tan interesante que los sollozos se calmaron y se puso a esperar con optimismo la respuesta de la Srta. Binney.

Sonó la segunda campana. La Srta. Binney no estaba mirando a Ramona. Estaba pensativa, mirando a Henry Huggins, que parecía tener la mirada fija en algo a la distancia. El sargento de tránsito tocó el pito llamando a los guías de tránsito para que dejaran sus puestos y volvieran a la escuela.

—¡Chico!— lo llamó la Srta. Binney. —¡Guía de tránsito!

—¿Quién? ¿Yo?— preguntó Henry Huggins,

aunque él era el único guía de tránsito de puesto en esa bocacalle.

—Ese es Henry Huggins,— dijo Ramona muy servicial.

—Henry, ven acá, por favor,— dijo la Srta. Binney.

—Tengo que entrar cuando tocan el pito,— dijo Henry mirando de reojo a los chicos y chicas que estaban observando desde el edificio grande de ladrillo.

—Pero éste es un caso de urgencia,— indicó la Srta. Binney. —Tú llevas botas y yo necesito que me ayudes a sacar del lodo a esta chiquilla. Yo se lo explicaré a la directora.

Henry no parecía muy entusiasmado, al cruzar la calle chapoteando, y al llegar dejó escapar un profundo suspiro antes de meterse en el lodo. Con mucho cuidado se encaminó por la mugre y los charcos hasta Ramona. —Ya ves en lo que me has metido,— le dijo malhumorado. —Yo te advertí que te quitaras de aquí.

Esta vez Ramona no tuvo nada que decir. Henry tenía toda la razón.

—Creo que te voy a tener que llevar en peso,— le dijo con un tono de voz muy molesto. —Agárrate.— Se agachó el chico y tomó a Ramona por la cintura y ella, obediente, le echó los brazos alrededor del cuello mojado de su impermeable. Henry era grande y fuerte. Y entonces el horror de Ramona fue que la sacó de sus lindas botas nuevas.

—¡Mis botas!— gimió. —¡Se quedan mis botas!

Henry se resbaló y se deslizó y, a pesar del peso de Ramona, recobró el equilibrio. —¡Tú, quédate quieta!— le ordenó. —Te estoy sacando de aquí, ¿no? ¿O es que quieres que los dos aterricemos en el lodo?

Ramona se mantuvo agarrada y no dijo ni una palabra más. Henry se tambaleó y patinó por el lodo hasta la acera, donde bajó su carga frente a la Srta. Binney.

—¡Andale!— gritaron unos muchachos grandes que habían abierto una ventana. —¡Andale, Henry!— Henry miró malhumorado hacia ese lado.

—Gracias, Henry,— dijo la Srta. Binney,

realmente agradecida, cuando Henry trataba de quitarse el lodo de las botas en el borde de la acera. —¿Y tú que dices, Ramona?

—Mis botas,— dijo Ramona. —¡El dejó mis botas nuevas en el lodo!— Se veían tan solitarias, dos manchas rojas en ese mar de lodo. Ella no podía dejar esas botas, especialmente después de haberlas esperado tanto tiempo. Alguien se las podía llevar y ella tendría que volver a ponerse las feísimas botas viejas de Howie.

—No te preocupes, Ramona,— dijo la Srta. Binney, mirando ansiosamente a sus compañeros que se empapaban más y más, parados como estaban junto a la cerca, observándolo todo. —Nadie se va a llevar tus botas un día como éste. Las recogeremos cuando deje de llover y la tierra esté seca.

—Pero se van a llenar de agua sin mis pies adentro,— protestó Ramona. —La lluvia las va a echar a perder.

La Srta. Binney se mostró compasiva pero firme. —Yo sé cómo te sientes, pero me temo que no podemos hacer nada ahora mismo.

Lo que dijo la Srta. Binney fue insoportable

para Ramona. Después de todas las veces que la habían hecho ponerse las feísimas botas viejas de Howie, color café, no podía ella dejar sus linda botas rojas nuevas en el lodo para que se llenaran de agua lluvia. —Yo quiero mis botas,— aulló; y empezó a llorar otra vez.

—Ya, está bien,— dijo Henry malhumorado. —Te voy a traer tus puercas botas. No empieces a llorar otra vez.— Y dando otro fuerte suspiro, vadeó de regreso al solar, sacó las botas del lodo de un tirón, y vadeó de nuevo a la acera, donde las dejó caer a los pies de Ramona. —Toma,— le dijo, mirando esas cosas enlodadas con disgusto.

Ramona esperaba que le dijera: "Ojalá que estés satisfecha", pero no lo dijo. Lo que hizo fue que cruzó la calle y se fue a la escuela.

—Gracias, Henry,— le dijo Ramona sin que nadie se lo recordara. Había algo muy especial en ser rescatada por un guía de tránsito grande con un impermeable encerado amarillo.

La Srta. Binney recogió las enlodadas botas y dijo: —Qué lindas tus botas rojas. Las vamos a lavar en el fregadero y van a quedar como nuevas. Ahora tenemos que irnos rápidamente para el kindergarten.

Ramona le sonrió a la Srta. Binney que, una vez más, según Ramona, era la maestra más simpática y más comprensiva del mundo. No la había regañado ni una sola vez, ni había hecho ningún comentario pesado acerca de por qué diantres hizo lo que hizo. Ni una sola vez le había dicho que ella debería saber que no se debía comportar así.

Entonces algo que estaba en la acera le llamó la atención a Ramona. Era una lombriz rosadita que todavía se meneaba. La recogió y se la enrolló en el dedo al tiempo que miraba a Henry.

—¡Me voy a casar contigo, Henry Huggins!— le gritó.

A pesar de que los guías de tránsito -se suponía- debían andar derechos, Henry pareció encorvarse dentro de su impermeable como si estuviera tratando de desaparecer.

—¡Tengo un anillo de compromiso y me voy a casar contigo!— le gritó Ramona, entre las risas y los aplausos de sus compañeros del kindergarten de la mañana.

—¡Andale, Henry!— gritaron los muchachos grandes antes de que la maestra les cerrara la ventana.

Al cruzar la calle detrás de la Srta. Binney, Ramona oyó el grito jubiloso de Davy. "¡Uy, cómo me alegro que no soy yo!"

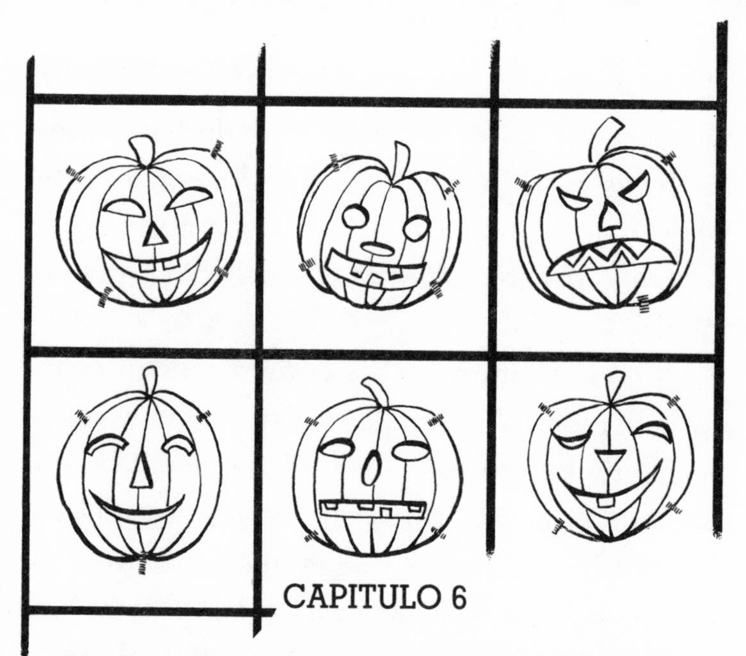

CAPITULO 6

La bruja más peor del mundo

Cuando en el kindergarten de la mañana cortaron linternas de calabazas de papel anaranjado y las pegaron en las ventanas para que la luz brillara por los ojos y la boca, Ramona sabía que, por fin, no faltaba mucho para la fiesta de las brujas. Aparte de la Navidad y de su cumpleaños, la fiesta que más le gustaba a Ramona era la de las brujas. Le encantaba disfrazarse e ir de "convídame o te asusto" con Beezus al anochecer. Le gustaban esas noches en que las ramas desnudas de los árboles ondeaban contra las luces de la calle y el mundo era un sitio fantasmal. A Ramona le encantaba asustar a la gente y gozaba al sentirse sacudida por el miedo.

Ramona siempre había gozado mucho cuando había ido a la escuela con su mamá a ver el desfile de los chicos y chicas de la escuela Glenwood en el patio, todos con sus disfraces del día de las brujas. Después se comía un buñuelo y tomaba jugo de manzana en un vaso de cartón, si es que todavía quedaba. Este año, después de años de sentarse en las bancas con las mamás y los hermanitos y las hermanitas, Ramona iba finalmente a ponerse un disfraz y marchar y marchar por el patio. Este año le tocaba que le dieran su propio buñuelo y su jugo de manzana.

—Mami, ¿me compraste la máscara?— preguntaba Ramona todos los días cuando regresaba de la escuela.

—Todavía no, cariño,— contestaba la Sra. Quimby. —No me molestes. Te la compro la próxima vez que vaya al centro comercial.

Ramona, que no tenía intención de molestar a su mamá, no veía por qué los mayores eran tan despaciosos. —Que sea una máscara terrible, mami,— decía. —Quiero ser la bruja más peor del mundo entero.

—Quieres decir la bruja peor,— la corregía Beezus cada vez que, por casualidad, oía esta conversación.

—Pues no,— la contradecía Ramona. —Quiero decir la bruja más peor.— "Más peor" sonaba mejor que simplemente "peor"; y a Ramona le gustaban los cuentos de brujas, mientras más malas ellas, mejor. No tenía paciencia para libros de brujas buenas, porque se suponía que las brujas debían ser malas. Ramona había escogido ser bruja precisamente por eso.

Un día, cuando Ramona regresó de la escuela, encontró dos bolsas de papel al pie de la cama. Una tenía una tela negra y un molde para un disfraz de bruja. El dibujo del molde mostraba el sombrero de la bruja, puntiagudo como la letra A. Ramona metió la mano en la otra bolsa y sacó una máscara de bruja, de caucho, tan espantosa que la dejó caer rápidamente en la cama porque no se atrevía siquiera a tocarla. Esa cosa fofa tenía el color grisáceo verdoso del moho, el pelo en hilachas, la nariz ganchuda, los dientes salidos y una verruga en la nariz. Sus ojos vacíos parecían fijarse en Ramona con mirada diabólica. La cara era tan espantosa que tuvo que hacer un esfuerzo por recordar que era sólo una máscara de caucho de una tienda de cinco y diez, antes de atreverse a tomarla y ponérsela.

Ramona atisbó cuidadosamente en el espejo, se echó hacia atrás y luego cobró ánimo para mirar un rato más. La que está adentro soy yo, se dijo a sí misma, y se sintió mucho mejor.

Corrió a enseñársela a su mamá y descubrió que se sentía muy valiente cuando estaba detrás de la máscara y no tenía que mirarla. —¡Yo soy la bruja más peor del mundo!— gritó con voz suavizada por la máscara; y se sintió encantada cuando su mamá se asustó tanto que dejó caer la costura.

Ramona esperó que Beezus y su papá llegaran a casa para ponerse la máscara y saltarles encima y espantarlos. Pero esa noche, antes de acostarse, enrolló la máscara y la escondió bajo un cojín del sofá de la sala.

—¿Por qué haces eso?— le preguntó Beezus, que no tenía nada que temer. Ella pensaba disfrazarse de princesa y llevar un pequeño antifaz rosado.

—Porque me da la gana,— contestó Ramona, que no quería dormir en el mismo cuarto con esa cara espantosa y maliciosa.

Desde ese día, cuando Ramona quería asustarse a sí misma, levantaba el cojín y le daba una miradita a su pavorosa máscara; pero la volvía a meter de golpe bajo el cojín. Asustarse a sí misma era tan divertido.

Cuando el disfraz de Ramona estaba listo y llegó la hora del desfile del día de las brujas, el kindergarten de la mañana no se podía quedar quieto para la tarea inmediata. Los chiquillos se meneaban tanto en las esterillas que la Srta. Binney no podía hallar a nadie quieto para hacer de hada despertadora. A la hora de la salida, todos se olvidaron de las reglas del kindergarten y salieron en estampida por la puerta. En casa, Ramona se había comido sólo la parte suave de su sándwich de atún porque su mamá había insistido en que no podía ir al desfile de las brujas con el estómago vacío. Había metido la corteza en la servilleta de papel y la había escondido debajo del plato, antes de correr a su dormitorio a ponerse el vestido negro largo, la capa, la máscara y el sombrero puntiagudo de bruja sostenido con elástico bajo la barbilla. Ramona tenía sus dudas sobre el élastico ya que ninguna de las brujas que ella había visto en los libros parecía tener elástico bajo la barbilla; pero hoy estaba tan contenta y entusiasmada que no se iba a molestar en armar una gritería.

—¡Mira, mami!— dijo en voz alta, —¡Yo soy la bruja más peor del mundo!

La Sra. Quimby le sonrió, le dio unas palmaditas por sobre el largo vestido negro y dijo con mucho cariño: —A veces me parece que sí lo eres.

—¡Vamos, mami! Vámonos al desfile de las brujas.— Ramona había esperado tanto que no se imaginaba cómo podría esperar cinco minutos más.

—Yo le dije a la mamá de Howie que los íbamos a esperar,— dijo la Sra. Quimby.

—¿Pero por qué, mami?— protestó Ramona, corriendo a la ventana del frente para ver cuando venía Howie. Por suerte, la Sra. Kemp y Willa Jean ya se acercaban. Howie venía detrás, disfrazado de gato y con la punta de la cola en la mano. Willa Jean, en su cochecito, llevaba puesta una máscara de conejo con dientes salidos.

Ramona no podía esperar. Entró como un tiro por la puerta del frente, gritando bajo la máscara: —¡Buuu! ¡Buuu! ¡Yo soy la bruja más peor del mundo! ¡Muévete, Howie! ¡Te voy a atrapar!

Howie siguió impasible, arrastrando su cola, de modo que Ramona corrió a encontrarse con él. El no llevaba ninguna máscara sino unos limpiadores de pipa pegados en la cara con cinta adhesiva para hacer las veces de bigotes.

—Yo soy la bruja más peor del mundo,— le informó Ramona, —y tú puedes ser mi gato.

—Yo no quiero ser tu gato,— dijo Howie. —No quiero ser gato de ninguna clase.

—¿Por qué no, Howie?— preguntó la Sra. Quimby, que ya se había reunido con Ramona y los Kemp. —Me pareces un gato muy simpático.

—Mi cola está quebrada,— se quejó Howie. —Yo no quiero ser gato con cola quebrada.

La Sra. Kemp dio un suspiro. —Vamos,

Howie, si llevas en la mano la punta de la cola, nadie se da cuenta de nada.— Luego le dijo a la Sra. Quimby: —Le prometí un disfraz de pirata pero su hermana mayor cayó enferma y mientras yo le estaba tomando la temperatura, Willa Jean se fue gateando hasta el armario y se las arregló para derramar una botella entera de aceite de ensalada por todo el piso de la cocina. Si alguna vez has tenido que limpiar aceite de un piso, ya sabrás las que pasé yo. Y entonces Howie se fue al baño y subió -sí, mi amor, yo sé que querías ayudarme- a buscar una esponja; por accidente se arrodilló sobre el tubo de pasta dental que alguien había dejado destapado, la pasta chorreó todo el baño y hubo otra cosa que limpiar. Bueno, finalmente, no tuve más remedio que sacar de una gaveta el disfraz viejo de su hermana; cuando se lo puso nos dimos cuenta que el alambre de la cola estaba partido, pero ya no había tiempo para descoserlo y ponerle alambre nuevo.

—Tienes unos bigotes muy hermosos,— dijo la Sra. Quimby, tratando de engatusar a Howie para que se animara.

—La cinta adhesiva me pica,— dijo Howie.

Ramona se dio cuenta de que Howie no iba a estar alegre, ni aún el día de las brujas. Pero no importaba . . . Ella se divertiría sin él. "Yo soy la bruja más peor del mundo", cantó con su voz suavizada, saltando con ambos pies. "Yo soy la bruja más peor del mundo".

Cuando divisaron el patio, Ramona vio que ya estaba lleno de chicos de kindergarten, de los de la mañana y la tarde, con sus disfraces del día de las brujas. La pobrecilla Srta. Binney, vestida como la Madre Oca, ahora tenía la responsabilidad de sesenta y ocho criaturas. —Anda, Ramona,— dijo la Sra. Quimby cuando cruzaron la calle. —La mamá de Howie y yo nos vamos al patio grande para buscar una banca en que sentarnos antes de que no haya sitio.

Ramona corrió al patio gritando: "¡Buuu! ¡Buuu! ¡Yo soy la bruja más peor del mundo!" Nadie le puso atención porque todo el mundo estaba gritando también. El bullicio era glorioso. Ramona vociferó, gritó, chilló y correteó a cualquiera que corriera. Correteó a vagabundos, fantasmas y bailarinas. A veces otras brujas, con máscaras exactamente como la suya, la correteaban a ella, y entonces ella se daba vuelta y correteaba a las brujas. Trató de corretear a Howie, pero él no echó a correr. Se quedó parado junto a la cerca con la cola en la mano, sin divertirse en lo más mínimo.

Ramona descubrió a su querido Davy en un ligero desfraz de pirata comprado en la tienda de cinco y diez. Sabía que era Davy por las piernitas flaquitas. ¡Al fin! Se le echó encima y lo besó a través de la máscara de caucho. Davy pareció sorprendido pero tuvo la magnífica idea de hacer como que tenía náuseas mientras Ramona se alejaba corriendo, satisfecha de que al fin había logrado pescar a Davy y darle un beso.

Entonces Ramona vio a Susan que salía del carro de su mamá. Como era de esperarse, Susan estaba vestida como una niña del tiempo de antes, con falda, delantal y pantalones bombachos. "¡Yo soy la bruja más peor del mundo!" gritó Ramona y corrió tras Susan cuyos rizos subían y bajaban delicadamente sobre los hom-

bros en forma que nadie podía dejar de notar. Ramona no pudo resistir. Después de varias semanas de desearlo, retorció y tiró de uno de los rizos de Susan y gritó "¡*Ping*!" detrás de su máscara de caucho.

—Déjate de eso,— dijo Susan al tiempo que se emparejaba los rizos.

—¡Buuu! ¡Buuu! ¡Yo soy la bruja más peor del mundo!— Ramona estaba arrebatada. Volvió a retorcer y tirar de otro rizo y gritó un ¡*Ping*! más suave.

Un payaso se rio y se unió a Ramona. El también retorció un rizo y gritó: "¡*Ping*!" Otros se unieron al juego. Susan trató de huir, pero para cualquier lado que corriera siempre había alguien dispuesto a estirar uno de sus rizos y gritar "¡*Ping*!" Susan corrió donde la Srta. Binney. —¡Srta. Binney! ¡Srta. Binney!— gritó. —¡Me están molestando! ¡Me están halando el cabello y diciéndome *ping ping*!

—¿Quién te está molestando?— preguntó la Srta. Binney.

—Todo el mundo,— dijo Susan llorosa. —Una bruja fue la que empezó.

—¿Qué bruja?— preguntó la Srta. Binney.

Susan miró por todos lados. —No sé cuál,— dijo, —pero era una bruja mala.

Esa soy yo, la bruja más peor del mundo, pensó Ramona. Al mismo tiempo, se sorprendió un poco. Jamás se le había ocurrido que los demás no supieran que ella era la que estaba detrás de esa máscara.

—No te preocupes, Susan,— dijo la Srta. Binney. —Quédate al pie de mí y nadie te molestará.

Qué bruja, pensó Ramona, y le gustó el sonido de la frase. Qué bruja, qué bruja. Con las palabras dándole vueltas en la cabeza, Ramona empezó a pensar si la Srta. Binney podría adivinar quién era ella. Corrió donde su maestra y gritó con su voz suavizada: —¡Hola, Srta. Binney! ¡La voy a atrapar, Srta. Binney!

—¡Aayy, qué bruja tan espantosa!— dijo la Srta. Binney, algo distraída, pensó Ramona. Se veía a las claras que la Srta. Binney no se había asustado de verdad, y con tantas brujas por todos lados no había reconocido a Ramona.

No, la Srta. Binney no fue la que se asustó.

Fue Ramona. La Srta. Binney no sabía quién era esta bruja. Nadie sabía quién era Ramona, y si nadie sabía quién era ella, entonces ella no era nadie.

—¡Quítate del paso, bruja fea!— le gritó Eric R. a Ramona. No dijo: Quítate del paso, Ramona.

Ramona no podía recordar cuándo no había sido reconocida por alguien que sabía quién era ella. Aun el año pasado, cuando se disfrazó de fantasma y fue de convídame o te asusto con Beezus y los chicos y chicas más grandes, todo el mundo sabía quién era ella. "A que adivino quién es ese fantasmita", decían los vecinos, cuando le echaban pequeñas barras de chocolate o un puñado de maníes* en su bolsa de papel. Y ahora, con tantas brujas por todos lados y aún más brujas en el patio grande, nadie sabía quién era ella.

—¡Davy, adivina quién soy!— gritó Ramona. Seguro que Davy iba a saber.

—Pues, otra bruja,— le contestó Davy.

Ramona tuvo la sensación más espantosa de

* cacahuates

su vida. Se sentía perdida dentro del disfraz. Se preguntaba si su mamá sabría quién era quién entre las brujas, y el sólo pensar que su propia mamá no pudiera reconocerla asustó a Ramona aún más. ¿Qué tal si su mamá se olvidaba de ella? ¿Qué tal si todos en el mundo entero se olvidaban de ella? Con ese pensamiento aterrador, Ramona se arrancó la máscara; y a pesar de que su fealdad no era ya lo más espantoso, la enrolló para no verla.

¡Qué fresco se sentía el aire sin la máscara! Ramona ya no quería ser la bruja más peor del mundo. Quería ser Ramona Geraldine Quimby y estar segura de que la Srta. Binney y todo el mundo en el patio sabían quién era ella. A su alrededor, los fantasmas, vagabundos y piratas corrían y gritaban, pero Ramona se paró cerca de la puerta del kindergarten observándolo todo muy quieta.

Davy corrió hacia ella y le gritó. —¡Buuu! ¡A que no me pescas!

—No te quiero pescar,— le informó Ramona.

Davy pareció sorprendido y algo desilusionado, pero corrió con sus piernitas flaquitas,

gritando: "¡Ja, ja, ja . . . mi botella de ron!"

Joey le gritó: —¡Tú no eres ningún pirata! No eres más que Davy el del "ombligo".

La Srta. Binney estaba tratando de formar a sus sesenta y ocho alumnos en una doble fila. Dos mamás se compadecieron de ella y la estaban ayudando a acorralar a los niños para empezar el desfile del día de las brujas, pero, como de costumbre, había unos chiquillos que preferían retozar antes que hacer lo debido. Esta vez Ramona no era de esos. En el patio grande alguien empezó a tocar una marcha por el altoparlante. El desfile del día de las brujas que Ramona había esperado con tanta ansiedad desde que asistía a la guardería, estaba a punto de empezar.

—Vamos, niños,— dijo la Srta. Binney. Viendo a Ramona sola, dijo: —Vamos, Ramona.

Para Ramona fue un gran alivio oír a la Srta. Binney decir su nombre, oír a su maestra decir "Ramona" cuando la miraba. Pero a pesar de lo mucho que Ramona deseaba brincar al son de la marcha con sus compañeros, no se movió para juntarse con ellos.

—Ponte la máscara, Ramona, y métete en la fila,— dijo la Srta. Binney, guiando a un fantasma y a un gitano a su lugar.

Ramona quería obedecer a su maestra pero también tenía miedo de perderse tras la espantosa máscara. La fila de chicos de kindergarten, todos con máscaras menos Howie con sus bigotes de limpiador de pipas, se veía menos desordenada ahora y todo el mundo estaba ansioso por empezar el desfile. Si Ramona no hacía algo en el acto, se quedaría atrás, y ella no iba a permitir que tal cosa sucediera, especialmente cuando había esperado tantos años para ir en el desfile del día de las brujas.

La chiquilla decidió en un instante qué hacer. Corrió a su casilla del kindergarten y tomó un creyón de su cajita. Luego tomó un pedazo de papel de la casilla de materiales. Oía los pasos de los chicos del kindergarten de la mañana y el de la tarde marchando hacia el patio grande. No había tiempo para escribir a la perfección, pero no importaba. Esto no era

tarea inmediata, supervisada por la Srta. Binney. Lo más rápido que pudo, Ramona escribió su nombre y no pudo resistir el añadir de decoración la inicial de su apellido con orejas y bigotes.

RAMONA Q

¡Ahora el mundo entero iba a saber quién era ella! Ella era Ramona Quimby, la única chica del mundo con orejas y bigotes en la inicial de su apellido. Ramona se puso la máscara, se plantó el sombrero puntiagudo en la cabeza, se pasó el elástico bajo la barbilla y corrió tras de su clase cuando marchaba hacia el patio grande. No le importaba ser la última de la fila y tener que marchar junto al malhumorado Howie, que seguía arrastrando su cola quebrada.

El kindergarten marchó adelante, luego iba el primer grado y así, todos los otros; las mamás y los hermanitos y las hermanitas menores miraban. Ramona se sintió bien crecida al acordarse de cómo el año pasado ella había sido la hermanita menor sentada en una banca observando a su hermana Beezus cuando pasó marchando, la hermanita deseando que sobrara un buñuelito.

—¡Buuu! ¡Buuu! ¡Yo soy la bruja más peor del mundo!— canturreó Ramona con el rótulo en alto para que todos lo vieran. Marchó por el patio hacia su mamá, que estaba esperando en una banca. La mamá la vio, se la señaló a la Sra. Kemp, y la saludó. Ramona no cabía en sí de la alegría bajo su sofocante máscara. ¡Su mamá la había reconocido!

La pobrecita Willa Jean en su cochecito no sabía leer, de modo que Ramona le dijo: —Soy yo, Willa Jean. ¡Soy Ramona, la bruja más peor del mundo!

Willa Jean y su máscara de conejo entendieron. La chiquitina se rio y dio golpes en la bandeja de su cochecito.

Ramona vio a Ribsy, el perro de Henry trotando, inspeccionando el desfile. —¡Buuu! ¡Ribsy! ¡Te voy a agarrar, Ribsy!— lo amenazó cuando pasaba frente a él.

Ribsy dio un ladridito. Ramona estaba segura de que hasta Ribsy sabía quién era ella cuando iba por su buñuelo y su jugo de manzana.

LOWELL SCHOOL
625 S. 7th ST.
SAN JOSE, CA 95112

CAPITULO 7

El día que todo salió mal

El día empezó muy bien para Ramona por dos cosas, ambas, pruebas de que estaba creciendo. Primero: tenía un diente flojo, flojísimo, un diente que se tambaleaba con un pequeño empujoncito de la lengua. Posiblemente, era el diente más flojo de todo el kindergarten de la mañana, lo que significaba que el ratoncito por fin iba a visitar a Ramona dentro de poco.

Ramona tenía sus sospechas acerca del mentado ratoncito. Ella había visto a Beezus buscar bajo la almohada en la mañana, después de que se le había caído un diente, y luego gritar: —¡Papi, mi diente está aquí todavía! ¡Al ratoncito se le olvidó venir!

—¡Qué raro!— contestaba el Sr. Quimby. —¿Estás segura?

—Sí, segurísima. Busqué mis diez centavos por todos lados.

—Déjame buscar a mí,— decía siempre el Sr. Quimby. De algún modo, él siempre encontraba los diez centavos del ratoncito cuando Beezus no los había podido encontrar.

Ahora era el turno de Ramona. Ella tenía planes de quedarse despierta toda la noche y atrapar al ratoncito para estar segura de que realmente era su papá.

No sólo tenía Ramona un diente flojo que la hacía sentir como que finalmente estaba creciendo, sino que, por fin, iba a ir a la escuela solita. ¡Al fin! Howie estaba en su casa, resfriado, y la mamá de Ramona había tenido que llevar a Beezus al centro para una cita con el dentista.

—Bueno, Ramona,— le dijo la Sra. Quimby

mientras se ponía el abrigo. —Confío en que no tendrás problemas quedándote sola un ratito antes de irte a la escuela. ¿Te crees capaz de portarte bien?

—Claro que sí, mami,— dijo Ramona, que consideraba que ella siempre se portaba bien.

—Haz el favor de mirar el reloj,— dijo la Sra. Quimby, —y salir para la escuela exactamente a las ocho y cuarto.

—Sí, mami.

—Y mira a ambos lados antes de cruzar la calle.

—Sí, mami.

La Sra. Quimby se despidió de Ramona con un beso. —Y asegúrate de cerrar la puerta cuando te vas.

—Sí, mami,— fue la paciente respuesta de Ramona. No podía imaginar ella por qué esa ansiedad de parte de su mamá.

Cuando la Sra. Quimby y Beezus se fueron, Ramona se sentó a la mesa de la cocina a moverse el diente y mirar el reloj. La manecilla pequeña estaba en el ocho y la grande en el uno. Ramona se movió el diente con el dedo.

Luego se lo movió con la lengua, de atrás para adelante y de adelante para atrás. La manecilla grande avanzó al dos. Ramona se agarró el diente con los dedos, pero aunque tenía muchas ganas de sorprender a su mamá con el espacio vacío en la boca, la verdad era que eso de arrancarse el diente le daba miedo. Volvió a moverlo.

La manecilla grande se movió despacio hasta el tres. Ramona siguió sentada en la silla moviéndose el diente y con mucho cuidado de portarse bien, tal como lo había prometido. La manecilla se movió al cuatro. Cuando llegó al cinco, Ramona sabía que eran las ocho y cuarto y hora de ir a la escuela. Un cuarto de dólar son veinticinco centavos. Entonces, las ocho y cuarto eran las ocho y veinticinco minutos. Había encontrado la solución ella solita.

La manecilla grande por fin avanzó hasta el cinco. Ramona se deslizó de la silla y dio un portazo cuando se dirigía sola a la escuela. Hasta ahí todo iba bien, pero tan pronto llegó a la acera se dio cuenta de que algo andaba mal. En el acto se dio cuenta de lo que era. La calle estaba demasiado quieta. Nadie más iba camino de la escuela. Ramona se detuvo, confusa. Tal vez se había confundido. Tal vez hoy era realmente sábado. Tal vez su mamá se olvidó de mirar el calendario.

No, no podía ser sábado porque ayer había sido domingo. Además, ahí estaba Ribsy, el perro de Henry Huggins, trotando por la calle, de regreso a casa después de haber acompañado a Henry a la escuela. Hoy era realmente un día de clases, porque Ribsy iba detrás de Henry a la escuela todas las mañanas. Tal vez el reloj andaba mal. Llena de pánico, Ramona empezó a correr. La Srta. Binney no iba a querer que llegara tarde a la escuela. Sí se las arregló para mirar a ambos lados, antes de cruzar las calles, pero cuando vio que Henry no estaba de guardia en su puesto, no tuvo duda de que los guías de tránsito ya habían entrado y que estaba más atrasada de lo que se había imaginado. Corrió por el patio del kindergarten y luego se detuvo. La puerta del kindergarten estaba cerrada. La Srta. Binney había empezado las clases sin ella.

Ramona, casi sin aliento, se paró un momento para tratar de recobrarlo. Por supuesto, no podía ser que la Srta. Binney la esperara cuando ella iba atrasada, pero no pudo menos que desear que su maestra la hubiera echado mucho de menos y que hubiera dicho: —Niños, vamos a esperar a Ramona. En el kindergarten no se divierte uno tanto sin Ramona.

Cuando Ramona recobró el aliento supo lo que tenía que hacer. Tocó a la puerta y esperó a que el monitor la abriera. La monitora resultó ser Susan, que le dijo con voz acusadora: —Llegaste tarde.

—Eso no es asunto tuyo, Susan,— dijo la Srta. Binney que estaba parada frente a la clase con una bolsa de papel color café que tenía escrita una gran D. —¿Qué te pasó, Ramona?

—Yo no sé,— admitió Ramona sin otro remedio. —Salí a las ocho y cuarto, como me dijo mi mamá.

La Srta. Binney sonrió y dijo: —La próxima vez, camina un poquito más de prisa,— antes de continuar donde se había detenido. —¿Pueden adivinar ahora lo que hay en esta bolsa que tiene la letra D? Recuerden que es algo que comienza con la letra D. ¿Quién me puede decir cómo suena la D?

—D-d-d-d-d— dijeron todos.

—Muy bien,— dijo la Srta. Binney. —Davy, ¿qué crees tú que hay en la bolsa?— A la Srta. Binney le había dado por hacer énfasis en las primeras letras de las palabras, ahora que la clase estaba aprendiendo los sonidos de las letras.

—¿Un "damaleón"?— dijo Davy esperanzado. El muy pocas veces decía algo bien, pero seguía tratando.

—No, Davy, camaleón comienza con C. C-c-c-c-c— Davy bajó la cabeza. Había estado tan seguro de que camaleón empezaba con D.

D-d-d-d-d. Los alumnos pensaban en silencio. —¿Disco?— sugirió alguien. Disco empezaba con D, pero en la bolsa no había discos.

—D-d-d-d-¿dominó?— No.

—¿Dinosaurio?— No, tampoco. ¿Cómo iba a caber un dinosaurio en una bolsa de papel?

D-d-d-d-d, Ramona se lo repetía a sí misma mientras se movía el diente con los dedos. —¿Diente?— dijo ella de repente.

—*D*iente sí es una buena palabra con D, Ramona,— dijo la Srta. Binney, —pero no es eso lo que tengo en la *b*olsa.

Ramona estaba tan complacida con el elogio de la Srta. Binney que se movió más el diente y, de momento, se lo vio en la mano. En la boca tenía un sabor raro. Ramona miró su dientecito y se sorprendió al descubrir que estaba ensangrentado por un lado. —¡Srta. Binney!— gritó sin alzar la mano. —¡Se me cayó un diente!

¡A alguien se le había caído un diente! Los compañeros rodearon a Ramona. —A su puesto

todo el mundo,— dijo la Srta. Binney. —Ramona, puedes ir a enjuagarte la boca y luego nos enseñas tu diente.

Ramona obedeció y cuando levantó el diente para que todos lo admiraran, la Srta. Binney dijo: "*D*iente. D-d-d-d". Cuando Ramona se bajó el labio para enseñar el hoyo donde había estado su diente, la Srta. Binney no dijo nada porque la clase estaba estudiando la D y hoyo no empieza con D. Resultó que lo que la Srta. Binney tenía en la bolsa era un d-d-d-d-dromedario, de tela, por supuesto.

Antes de empezar la tarea inmediata, Ramona se le acercó a la maestra con su precioso diente ensangrentado y le dijo: —¿Me lo puede guardar Ud.?— Ramona quería estar segura de que no iba a perder su diente porque lo necesitaba de carnada para pescar al ratoncito. Pensaba amontonar muchas cosas que hacían ruido, como ollas y moldes y juguetes viejos, junto a su cama, sólo por si acaso el ratoncito volteaba algo y la despertaba.

La Srta. Binney sonrió cuando abrió una gaveta de su escritorio. —¡Tu primer diente!

Por supuesto, lo pondré en un lugar seguro para que te lo puedas llevar a tu casa y ponérselo al ratoncito que se lleva los *d*ientes. Eres una niña muy valiente.

Ramona quería a la Srta. Binney porque era tan comprensiva. La quería porque no se enojaba cuando ella llegaba tarde a las clases. La quería por decirle que era una niña valiente.

Ramona estaba tan contenta que el día se le pasó rápidamente. La tarea inmediata resultó más interesante que de costumbre. Ahora tenían hojas de figuras, tres en una hilera, impresas con tinta morada por una máquina de ditto. En una hilera había un durazno, una niña y un dedo. Lo que había que hacer era encerrar en un círculo el durazno y el dedo, porque los dos empezaban con D, y tachar la niña, porque niña empieza con un sonido distinto. A Ramona le encantaba encerrar en círculos y tachar y por eso le dolió que llegara la hora del recreo.

—¿Quieres ver dónde estaba mi diente?— le preguntó Ramona a Eric J. cuando terminaron de trabajar con la D ese día y salieron al patio.

Abrió la boca y se bajó el labio inferior.

Eric J. quedó admiradísimo. —Está ensangrentado donde estaba el diente,— le dijo.

¡La gloria de perder un diente! Ramona corrió donde estaba Susan. —¿Quieres ver dónde estaba mi diente?— le preguntó.

—No,— dijo Susan, —y me alegro de que llegaste tarde porque me tocó abrir la puerta mi primer día de monitora.

Ramona estaba indignada porque Susan no quiso admirar el hoyo ensangrentado que ella tenía en la boca. A nadie más en el kindergarten se le había caído un diente con tanta valentía. Ramona agarró uno de los rizos de Susan y, con cuidado de no halar muy duro para no hacerle daño a Susan, lo estiró y lo dejó rebotar. "¡*Ping*!" gritó; y corrió hacia los trapecios, les dio vuelta, y volvió donde estaba Susan, a punto de subir las gradas para las barras. Estiró otro rizo y gritó: "¡*Ping*!"

—¡Ramona Quimby!— chilló Susan. —¡Deja ya de halarme el cabello!

Ramona estaba inflada con la gloria de su primer diente caído y con el amor que le tenía a su maestra. ¡La Srta. Binney había dicho que ella era muy valiente! ¡Hoy era el día más maravilloso del mundo! Sol brillante, cielo azul, y la Srta. Binney la quería. Ramona abrió los brazos y con pies ligeros por la alegría le dio vuelta a los trapecios una vez más. Se abalanzó hacia Susan, le estiró un rizo y dejó escapar un alargado "*Pi-i-ing*".

—¡Srta. Binney!— gritó Susan al borde de las lágrimas. —Ramona me está halando el cabello; ¡apuesto a que ella era la bruja que me lo estaba halando el día de las brujas!

Acusona, pensó Ramona, con desprecio, mientras daba vueltas a los trapecios con alegres pies. ¡Vuelta para Ramona, tachón para Susan!

—Ramona,— dijo la Srta. Binney cuando Ramona pasó volando. —Ven acá. Quiero hablar contigo.

Ramona dio la vuelta y miró a la maestra con cierta ansiedad.

—Ramona, tienes que dejar de halarle el cabello a Susan,— dijo la Srta. Binney.

—Sí, Srta. Binney,— dijo Ramona, y corrió hacia las barras.

Ramona de veras que tenía la intención de dejar de halarle los rizos a Susan, pero, por desdicha, Susan no cooperaba. Cuando se acabó el recreo y los niños iban entrando otra vez al salón, Susan se volvió hacia Ramona y le dijo: —Tú eres una terrible chinche, una latosa.

Susan no hubiera podido escoger una palabra

que ofendiera más a Ramona. Beezus siempre la estaba tratando de chinche. Los chicos y chicas más grandes de su calle la llamaban chinche, pero Ramona no se consideraba chinche en lo más mínimo. La gente que la llamaba chinche no comprendía que la persona más chica a veces tenía que ser un poquito más bulliciosa y un poquito más terca para que le hicieran caso. Ramona tenía que aguantar que la llamaran chinche los chicos y las chicas mayores que ella, pero no tenía que tolerar que una chica de su misma edad la llamara chinche.

—Yo no soy chinche,— le dijo Ramona indignada; y para vengarse le haló uno de los rizos a Susan y le susurró "¡*Ping*!"

La mala suerte de Ramona fue que en ese momento la Srta. Binney estaba observando.

—Ven acá, Ramona,— le dijo la maestra.

Ramona tenía un terrible presentimiento de que esta vez la Srta. Binney no iba a ser comprensiva.

—Ramona, me has desilusionado.— La voz de la Srta. Binney era seria.

Ramona nunca había visto a su maestra con

aspecto tan serio. —Susan me llamó chinche,— dijo con la voz muy bajita.

—Ese no es motivo para halar el cabello,— dijo la Srta. Binney. —Yo te dije que dejaras de halarle el cabello a Susan y te lo dije en serio. Si tú no puedes dejar de halarle el cabello a Susan, te tendrás que ir a casa y quedarte allá hasta que puedas controlarte.

Tremendo golpe para Ramona. La Srta. Binney ya no la quería. De repente, hubo silencio total en la clase y Ramona, de pie mirando al piso, casi que podía sentir las miradas clavadas en la espalda.

—¿Tú crees que puedes dejar de halarle el cabello a Susan?— le preguntó la Srta. Binney.

Ramona lo pensó. ¿Podría ella de verdad dejar de halar los rizos de Susan? Pensó en esos saltones bucles tupidos tan tentadores. Pensó en Susan, que siempre se las daba de grande. En el kindergarten, el peor crimen era dárselas de grande. Al modo de ver de los chicos, dárselas de grande era peor que ser chinche. Ramona al fin miró a la Srta. Binney y le dio una respuesta sincera. —No,— le dijo. —No puedo.

La Srta. Binney pareció algo sorprendida. —Muy bien, Ramona. Tendrás que irte a casa y quedarte en casa hasta que te decidas a no halarle los rizos a Susan.

—¿Ahora mismo?— preguntó Ramona en voz bajita.

—Te puedes sentar afuera en la banca hasta que sea la hora de salida,— dijo la Srta. Binney. —Lo siento, Ramona, pero no podemos tener tirapelos en el kindergarten.

Nadie dijo una palabra cuando Ramona dio la vuelta, salió del salón y se sentó en la banca. Los chiquillos del salón de al lado la miraban

por la cerca. Los obreros del otro lado de la calle la miraban muy divertidos. Ramona dio un largo y tembloroso suspiro pero logró contener las lágrimas. Nadie iba a ver a Ramona Quimby portándose como bebé.

—Esa chica se portó mal otra vez,— Ramona oyó que la niña de cuatro años, de al lado, le decía a su hermanita.

Cuando sonó la campana, la Srta. Binney abrió la puerta para que salieran los niños y le dijo a Ramona: —Ojalá que decidas dejar de halarle el cabello a Susan para que puedas volver al kindergarten.

Ramona no contestó. Sus pies, que ya no estaban ligeros de alegría, la llevaron muy despacio a su casa. No podría volver jamás al kindergarten porque la Srta. Binney ya no la quería. No volvería jamás al dime y te diré ni a jugar al pato gris. No podría trabajar en el pavo* de papel que la Srta. Binney les iba a enseñar a hacer para el Día de Acción de Gracias. Ramona lloriqueó y se pasó la manga del suéter por los ojos para limpiárselos. Ella

* guajolote

adoraba el kindergarten, pero ya todo había terminado. Tachar a Ramona.

No fue sino hasta cuando iba a medio camino de su casa que Ramona recordó su precioso diente, guardado en el escritorio de la Srta. Binney.

LOWELL SCHOOL
625 S. 7th ST.
SAN JOSE, CA 95112

Ramona abandona el kindergarten

—Pero Ramona, ¿qué es lo que pasa?— quiso saber la Sra. Quimby cuando Ramona abrió la puerta de atrás.

—Ah . . . no es nada.— Ramona no tuvo dificultad en esconder el espacio que tenía entre un diente y otro. No tenía la menor gana de sonreír y el no tener un diente que dejarle al ratoncito era lo que menos importaba.

La Sra. Quimby le tocó la frente. —¿Te sientes bien?— le preguntó.

—Sí, me siento bien,— contestó Ramona, con lo cual quería decir que no tenía una pierna rota, ni una rodilla raspada, ni dolor de garganta.

—Entonces, algo debe andar mal,— insistió la Sra. Quimby. —Te lo veo en la cara.

Ramona dio un suspiro. —La Srta. Binney ya no me quiere,— confesó.

—Por supuesto que la Srta. Binney te quiere,— dijo la Sra. Quimby. —Puede que no le gusten algunas de las cosas que tú haces, pero sí te quiere.

—No, no me quiere,— la contradijo Ramona. —No quiere que yo vaya más al kindergarten.

Ramona sintió tristeza al pensar en los recreos y la tarea inmediata que se iba a perder.

—¿Pero qué es lo que quieres decir?— La Sra. Quimby estaba perpleja. —Por supuesto que la Srta. Binney quiere que vayas al kindergarten.

—No, no quiere,— insistió Ramona. —Ella me dijo que no volviera.

—¿Pero por qué no?

—Porque no me quiere,— fue todo lo que dijo Ramona.

La Sra. Quimby estaba exasperada. —Entonces, ha tenido que haber pasado algo. Sólo se puede hacer una cosa: ir a la escuela a averiguar. Cómete el almuerzo y nos vamos a la escuela antes de que lleguen los niños del kindergarten de la tarde. Vamos a averiguar de qué se trata.

Ramona mordisqueó su sándwich un rato hasta que la Sra. Quimby le dijo con firmeza: —Ponte el suéter, Ramona, y vámonos.

—No,— dijo Ramona. —Yo no voy.

—Cómo que no; Ud. sí va, señorita,— le dijo la mamá tomándola de la mano.

Ramona sabía que no tenía alternativa cuando su mamá empezaba a llamarla señorita. Arrastró los pies lo más que pudo cuando iba para la escuela, donde el kindergarten de la tarde se estaba comportando como el de la mañana. La mitad de la clase estaba en fila, junto a la puerta, esperando a la Srta. Binney y la otra mitad retozaba en el patio. Ramona miró el piso, porque no quería que nadie la viera, y cuando llegó la Srta. Binney, la Sra. Quimby habló con ella un momentito.

Ramona no levantó los ojos. Su mamá la llevó a la banca junto a la puerta del kindergarten. —Siéntate aquí y no te muevas mientras yo converso con la Srta. Binney,— le dijo a Ramona.

Ramona se sentó en la banca meciendo los pies, pensando en su diente, metido en la gaveta de la Srta. Binney y tratando de imaginar lo que su maestra y su mamá estaban diciendo sobre ella. Finalmente, no pudo aguantar ya más el suspenso. Tenía que moverse, de modo que se deslizó hacia la puerta lo más que pudo sin que la vieran, y escuchó. El kindergarten de la tarde y los obreros del otro lado de la calle estaban haciendo tanto ruido que sólo pudo pescar unas cuantas frases tales como "brillante e imaginativa", "habilidad para llevarse con sus compañeros" y "deseo negativo de atención". Ramona se sintió admirada y asustada al oír que hablaban de ella con esas palabras tan grandes y raras, lo que sin duda quería decir que la Srta. Binney realmente la consideraba muy desobediente. Se escabulló de regreso a la banca cuando al fin oyó a su mamá caminar hacia la puerta.

—¿Qué dijo?— La curiosidad de Ramona era casi insoportable.

La Sra. Quimby se veía seria. —Dijo que se alegrará de tenerte en la clase de nuevo cuando tú estés lista para regresar.

—Entonces, no voy a regresar,— anunció Ramona. No volvería jamás al kindergarten si ella no le caía bien a su maestra. Jamás.

—Ah, sí, sí regresas,— dijo la Sra. Quimby algo molesta.

Ramona sabía que no era así.

Empezó así una época difícil en casa de los Quimby. —Pero Ramona, tú tienes que ir al kindergarten,— afirmó Beezus, cuando regresó de la escuela esa tarde. —Todo el mundo va al kindergarten.

—Yo no,— dijo Ramona. —Yo iba, pero ya no voy.

Cuando el Sr. Quimby regresó del trabajo, la Sra. Quimby se lo llevó aparte y habló en voz baja con él. A Ramona no la engañaban ni un instante. Ella sabía exactamente de qué se trataba en susurros.

—Bueno, Ramona, vamos a ver si me cuentas lo que pasó en la escuela hoy,— dijo el Sr. Quimby con esa alegría fingida que los mayores usan, cuando están tratando de persuadir a los chiquillos a que digan algo que ellos no quieren decir.

Ramona, que tenía deseos locos de correr y enseñarle a su papá el espacio del diente, pensó un momento antes de decir: —Adivinamos lo que la Srta. Binney tenía en una bolsa llena de cosas que empezaban con D; y Davy adivinó "damaleón".

—¿Y qué más pasó?— preguntó el Sr. Quimby, dispuesto a tener paciencia.

Ramona no le podía decir a su papá lo del diente, ni le iba a decir el asunto de los rizos de Susan. No quedaba de qué hablar. —Aprendimos la D,— dijo al fin.

El Sr. Quimby le dirigió una larga mirada a su hija pero no dijo nada.

Después de la cena Beezus habló por teléfono con Mary Jane y Ramona la oyó decir: —

¡Imagínate! ¡Ramona abandonó el kindergarten!— Parecía como que esta información le resultaba cómica porque añadió unas risitas tontas por teléfono, lo cual no le hizo ninguna gracia a Ramona.

Más tarde Beezus se sentó a leer un libro y Ramona sacó sus creyones y papel.

—Beezus, no tienes suficiente luz para leer,— dijo la Sra. Quimby. Y agregó, como de costumbre: —Sabrás que sólo tienes un par de ojos.

A Ramona le pareció que ésta era la oportunidad de sacar a relucir lo que había aprendido en el kindergarten. —¿Por qué no prendes el "dawnzer"?*— le preguntó, orgullosa de su nueva palabra.

Beezus levantó la mirada del libro. —¿Qué es lo que dices?— le preguntó a Ramona. —¿Qué es un "dawnzer"?*

Ramona le contestó con desprecio: —Tonta. Todo el mundo sabe lo que es un "dawnzer".*

—Yo no lo sé,— dijo el Sr. Quimby, que estaba leyendo el periódico de la tarde. —¿Qué es un "dawnzer"?*

—Una lámpara,— dijo Ramona. —Da una luz "lee"*. Todos los días lo cantamos en el kindergarten.

La sala se llenó de un silencio misterioso hasta que Beezus gritó de repente, muerta de la risa. —Lo que quiere decir— dijo entrecortadamente, —es *The Star Spangled B-banner*! *— Su fuerte risa se convirtió en risitas y más risitas. —Lo que quiere decir es "*the dawn's early light*". * Pronunció cada palabra con exagerada claridad y luego se echó a reír otra vez.

Ramona miró a su mamá y su papá, que tenían la boca cerrada y los ojos sonrientes de los adultos que tratan de no reírse en voz alta. Beezus tenía razón y ella estaba equivocada. Ella no era más que el hazmerreír de todo el mundo. Ella era la hermanita estúpida. Una idiota hermanita estúpida que nunca hacía nada bien.

De repente, con todo lo que le había pasado ese día, Ramona no pudo aguantar más. Le

*Ramona no entendía las primeras palabras del himno de los Estados Unidos. Los sonidos de la frase *dawn's early light* le parecían a ella "dawnzer lee light". En español, la frase quiere decir *al primer rayo del amanecer*.

lanzó una mirada feroz a su hermana, hizo una gran X en el aire y gritó: —¡Tachar a Beezus!— Luego tiró sus creyones al suelo, pateó, rompió a llorar, y corrió al dormitorio que compartía con su hermana.

—¡Ramona Quimby!— dijo su papá muy serio; Ramona sabía que la iba a mandar a recoger los creyones. Bueno, su papá podía mandar todo lo que le diera la gana. Ella no iba a recoger sus creyones. Nadie la podía hacer recoger sus creyones. Nadie. Ni su papá ni su mamá. Ni siquiera la directora. Ni siquiera Dios.

—Vamos, no te preocupes,— Ramona oyó decir a su mamá. —Pobre chiquitina. Está alterada. Ha tenido un mal día.

Que sintieran lástima por ella era peor. —¡Yo *no* estoy alterada!— gritó Ramona; y el gritar la alivió tanto que continuó. —¡*No* estoy alterada y no soy ninguna *chiquitina* y todos son *malos* por reírse de mí!— Se tiró en la cama y empezó a dar golpes con los talones en la sobrecama, pero dar golpes en la ropa de cama no era lo suficiente. Muy al contrario.

Ramona quería ser perversa, perversa de verdad, de modo que se dio vuelta y empezó a golpear la pared con los talones. ¡Pum! ¡Pum! ¡Pum! Ese ruido debería poner a todos de un humor endiablado. "¡Mala, mala, mala!" gritaba al ritmo del tamborileo de sus talones. Quería que toda su familia se sintiera tan enojada como ella. "¡Mala, mala, mala!" Cuando vio que los talones estaban dejando marcas en el empapelado de la pared se puso contenta. ¡Contenta! ¡Contenta! ¡Contenta!

—Mamá, Ramona está pateando la pared,— gritó la acuseta de Beezus, como si su mamá no supiera lo que Ramona estaba haciendo. —¡La pared también es mía!

A Ramona no le importaba que Beezus la acusara. Ella quería que lo hiciera. Ramona quería que todo el mundo supiera que ella era tan desobediente que pateaba la pared y dejaba marcas de los talones en el empapelado.

—Ramona, si vas a seguir en eso, mejor es que te quites los zapatos.— La voz de la Sra. Quimby, desde la sala, sonaba cansada pero calmada.

Ramona tamborileó más fuerte para demostrarle a todo el mundo lo perversa que era. *No* se quitaría los zapatos. ¡Ella era terrible, malvada! ¡El ser tan mala, terrible, horrible y perversa la hacía sentir *bien*! Golpeó la pared con ambos talones al mismo tiempo. ¡Pum! ¡Pum! ¡Pum! No estaba arrepentida en lo más mínimo de lo que estaba haciendo. *Jamás* se arrepentiría. ¡Jamás! ¡Jamás! ¡Jamás!

—¡Ramona!— La voz del Sr. Quimby sonaba a advertencia. —¿Tú quieres que yo vaya a tu cuarto?

Ramona se detuvo para pensar. ¿Quería ella que su papá fuera a su cuarto? No. Su papá, su mamá, nadie podía comprender lo difícil que era ser la hermanita menor. Tamborileó los talones unas cuantas veces más para probar que tenía el ánimo intacto. Entonces se echó en la cama y pensó cosas feroces hasta que su mamá fue y, sin decirle nada, la ayudó a desvestirse y acostarse. Con la luz apagada, Ramona se sintió tan agotada y cansada que pronto se durmió. Después de todo, no había por qué tratar de permanecer despierta, porque el ratoncito no iba a venir por su diente esa noche.

A la mañana siguiente la Sra. Quimby fue al dormitorio de las chicas y le dijo enérgicamente a Ramona: —¿Qué vestido te quieres poner hoy para ir a la escuela?

El espacio vacío en la boca y las marcas de los talones en la pared sobre su cama le recordaron a Ramona todo lo que había sucedido el día anterior. —Yo no voy a la escuela,— dijo, y tomó su ropa de jugar mientras Beezus se ponía ropa limpia para ir a la escuela.

Ese fue el comienzo de un día terrible. Nadie dijo gran cosa en el desayuno. Howie, que ya estaba bien de su resfriado, pasó por Ramona cuando iba para la escuela y luego siguió sin ella. Ramona observó a todos los chicos del vecindario irse para la escuela; cuando la calle estaba quieta, encendió el televisor.

Su mamá lo apagó y le dijo: —Las niñas que no van a la escuela no pueden ver televisión.

Qué falta de comprensión de su mamá. Ella quería ir a la escuela. Lo quería más que nada en el mundo, pero no podía ir si a su maestra no le gustaba ella. Ramona sacó sus creyones y papel, que alguien había recogido, y se sentó a dibujar. Dibujó un pájaro, un gato y una pelota en una hilera, luego tachó el gato con un creyón rojo porque no comezaba con el mismo sonido de pájaro y pelota. Después cubrió toda una hoja de papel con la letra Q, a la Ramona, con orejas y bigotes.

Su mamá no sentía la menor lástima por Ramona. Simplemente le dijo: —Ponte el suéter. Tengo que ir al centro comercial.— A Ramona le hubiera gustado tener sus diez centavos del ratoncito a cambio del diente para poder gastarlos.

Ramona nunca había tenido una mañana más aburrida en toda su vida. Seguía a su mamá en el centro comercial mientras la Sra. Quimby compraba medias para Beezus, botones e hilo, fundas que estaban en baratillo, un cordón para una sartén eléctrica, un paquete de papel para que Ramona dibujara y un molde. Lo peor fue lo del molde. La mamá de Ramona se sentó durante horas a mirar dibujos de vestidos sin ninguna gracia.

Cuando salieron para ir de compras, la Sra. Quimby le dijo: —Ramona, no debes poner las manos sobre nada en las tiendas.— Más tarde le dijo: —Ramona, por favor no toques nada.— A la hora que llegaron a la sección de los moldes, le dijo: —Ramona, ¿cuántas veces te tengo que decir que te quedes con las manos quietas?

Cuando la Sra. Quimby, por fin, escogió un molde y ya iban saliendo de la tienda, con quién se encuentran sino con la Sra. Wisser, una vecina. —Anda, ¿qué tal?— exclamó la Sra. Wisser. —¡Y Ramona también! Yo creía que una chica grande como tú estaba en el kindergarten.

Ramona no dijo palabra.

—¿Cuántos años tienes, mi amor?— le preguntó la Sra. Wisser.

Ramona aún no tenía nada que decirle a la Sra. Wisser, pero levantó cinco dedos para que la vecina contara.

—¡Cinco!— exclamó la Sra. Wisser. —¿Qué te pasa, amorcito? ¿Es que el gato te comió la lengua?

Ramona sacó la lengua lo suficiente como para que la Sra. Wisser viera que el gato no se la había comido.

La Sra. Wisser quedó boquiabierta.

—¡Ramona!— La Sra. Quimby estaba totalmente exasperada. —Perdone, Sra. Wisser. ¡Parece que Ramona ha olvidado sus buenos modales!— Después de esta disculpa, le dijo enojadísima: —¡Ramona Geraldine Quimby, que no te sorprenda yo en una cosa igual otra vez!

—Pero mami,— protestó Ramona mientras la halaba hacia el estacionamiento,— ella me *preguntó* y yo sólo le estaba enseñando . . .— No había por qué terminar la frase porque la Sra. Quimby no estaba escuchando, y si lo hubiera estado, probablemente no habría comprendido.

La Sra. Quimby y Ramona regresaron a casa a tiempo para ver a los compañeros del kindergarten dispersos por la acera enseñándoles a las mamás sus papeles de la tarea inmediata. Ramona se agachó en el carro para que no la vieran.

Después, por la tarde, Beezus llevó a Mary Jane a casa a jugar. —¿Te gustó el kindergarten hoy, Ramona?— le preguntó Mary Jane en un tono fingido y chillón. Ramona no tuvo duda de que la chica ya sabía que ella no había ido al kindergarten.

—¿Por qué no te callas?— le dijo Ramona.

—Apuesto a que Henry Huggins no se va a querer casar con una chica que ni siquiera ha terminado el kindergarten,— dijo Mary Jane.

—Ay, no le tomes el pelo,— dijo Beezus, que se podía reír de su hermana pero que estaba lista a defenderla de otros. Ramona salió y dio vueltas en su triciclo de dos ruedas de un lado a otro de la acera durante un buen rato antes de quitar con mucha tristeza la cinta roja que la Srta. Binney le había dado y que ella había entrelazado en los rayos de la rueda delantera.

La segunda mañana, la Sra. Quimby sacó un vestido del ropero de Ramona, sin decir una palabra.

Ramona habló. —Yo no voy a ir a la escuela,— dijo.

—Ramona, ¿no vas a volver nunca al kindergarten?— preguntó la Sra. Quimby fatigada.

—Sí,— dijo Ramona.

La Sra. Quimby sonrió. —Muy bien. Que sea hoy.

Ramona agarró su ropa de juego. —No. No voy a ir hasta que la Srta. Binney se olvide de mí y crea que soy otra persona cuando regrese.

La Sra. Quimby dio un suspiro y movió la cabeza. —Ramona, la Srta. Binney no se va a olvidar de ti.

—Sí, se olvidará,— insistió Ramona. —Me olvidará si no voy durante mucho tiempo.

Unos muchachos grandes que iban para la escuela gritaron "¡desertora!" cuando pasaron frente a la casa de los Quimby. El día le resultó larguísimo a Ramona. Dibujó más tarea inmediata para entretenerse y después no le quedó más que dar vueltas por la casa y, con los labios apretados, meter le lengua en el hueco donde había estado su diente.

Esa tarde su papá dijo: —Yo echo de menos las sonrisas de mi muchachita.

Con los labios apretados, Ramona logró una sonrisa que no dejaba ver el vacío del diente. Más tarde oyó a su papá diciéndole a su mamá algo como "esta tontería ya es demasiado" y a su mamá contestándole algo como "Ramona tiene que decidir por sí sola que se va a portar bien".

Ramona se desanimó. Nadie comprendía. Ella quería portarse bien. Excepto cuando pateó la pared del dormitorio, ella siempre había querido portarse bien. ¿Por qué no podía nadie entender cómo se sentía ella? Ella sólo le tocaba el cabello a Susan porque, en primer lugar, era tan hermoso, y la última vez . . . bueno, Susan había sido tan mandona que merecía que le halaran el cabello.

Ramona llegó a saber pronto que los otros

chiquillos del vecindario estaban fascinados con su situación. —¿Cómo es que tú te puedes quedar sin ir a la escuela?— le preguntaban.

—La Srta. Binney no me quiere,— contestaba Ramona.

—¿Te divertiste hoy en el kindergarten?— le preguntaba Mary Jane todos los días, haciendo ver que no sabía que Ramona se había quedado en casa. Ramona, a quien no engañaba ni un instante, no se dignaba contestar.

Fue Henry Huggins quien, sin intención alguna, asustó a Ramona de verdad. Una tarde cuando ella andaba dando vueltas por el frente de su casa en su ladeado triciclo de dos ruedas, Henry pasó por la calle repartiendo el *Diario*. Se detuvo con un pie en la orilla de la acera frente a los Quimby mientras enrollaba un periódico.

—Hola,— dijo Henry. —Vaya el triciclo que tienes.

—Esto no es un triciclo,— dijo Ramona con toda dignidad. —Es mi biciclo.

Henry hizo una mueca y tiró el periódico en las gradas de los Quimby. —¿Cómo es que el guardia de ausencias no te hace ir a la escuela?— le preguntó.

—¿Quién es el guardia de ausencias?— le preguntó Ramona.

—Un hombre que va a buscar a los chiquillos que no van a la escuela,— dijo Henry despreocupadamente mientras seguía pedaleando calle abajo.

Un guardia de ausencias, pensó Ramona, debe ser algo así como el perrero que a veces venía a la escuela Glenwood cuando había demasiados perros en el patio. Trataba de enlazar los perros y una vez, cuando logró atrapar a un rechoncho basset viejo, encerró al perro en su camión y se lo llevó. Ramona no quería que ningún guardia de ausencias la atrapara y se la llevara, de modo que puso su ladeado triciclo de dos ruedas en el garaje, se metió en su casa y se quedó adentro, mirando desde atrás de las cortinas a los otros chicos y metiendo la lengua en el espacio donde había estado el diente.

—Ramona, ¿por qué haces todas esas muecas?— le preguntó la Sra. Quimby con esa voz fatigada de los últimos dos días.

Ramona se sacó la lengua del espacio. —No estoy haciendo ninguna mueca,— le dijo. Ya pronto le iba a salir su diente permanente y el ratoncito no le iba a traer su regalo y nadie iba a saber que había mudado un diente. Se preguntaba lo que había hecho la Srta. Binney con su diente. Lo más seguro es que lo había echado a la basura.

A la mañana siguiente, Ramona continuó haciendo hileras de tres dibujos, poniéndole círculo a dos y tachando uno, pero la mañana se le hacía larga y solitaria. Ramona sentía tanta soledad que llegó a considerar volver al kindergarten, pero entonces pensó en la Srta. Binney, a quien ya no le caía bien y que posiblemente no se alegraría de verla. Llegó a la conclusión de que tenía que esperar muchísimo más para que la Srta. Binney se olvidara de ella.

—¿Cuándo crees que la Srta. Binney se va a olvidar de mí?— le preguntó Ramona a su mamá

La Sra. Quimby le dio un beso en la frente. —Dudo mucho que ella jamás se olvide de ti,— le dijo. —Jamás en su vida.

La situación no tenía remedio. Ese mediodía, Ramona no tenía ni pizca de hambre cuando se sentó frente a un plato de sopa, un sándwich y unos pedacitos de zanahoria. Mordió una zanahoria pero demoró lo más que pudo en masticarla. Dejó de masticar por completo cuando oyó el timbre de la puerta. El corazón le empezó a dar fuertes latidos. Tal vez el guardia de ausencias había venido por fin a atraparla y llevársela en su camión. Tal vez debería correr a esconderse.

—¡Pues si es Howie!— Ramona oyó decir a su mamá. Ramona, que por poco se había visto en peligro, siguió masticando su pedacito de zanahoria. Estaba a salvo. Era Howie no más.

—Adelante, Howie,— dijo la Sra. Quimby. —Ramona está almorzando. ¿Te gustaría un plato de sopa y un sándwich? Yo puedo telefonear a tu mamá y pedirle permiso.

Ramona deseaba que Howie aceptara. Tanta era la soledad que sentía.

—Yo sólo vine a traerle una carta a Ramona.

Ramona saltó de la mesa. —¿Una carta para mí? ¿De quién?— Esto era lo más interesante que le había sucedido en muchos días.

—No sé,— dijo Howie. —La Srta. Binney me dijo que te la diera.

Ramona le arrebató el sobre a Howie; justamente, tenía escrito RAMONA.

—Dámela para leértela,— dijo la Sra. Quimby.

—La carta es *mía,*— dijo Ramona al rasgar el sobre. Cuando sacó la carta, dos cosas le llamaron la atención en el acto: su diente pegado con cinta adhesiva en un pedazo de papel y la primera línea, que Ramona podía leer porque sabía todas esas letras. "QUERIDA RAMONA Q" iba seguido por dos renglones de palabras que Ramona todavía no sabía leer.

—¡Mami!— gritó Ramona llena de alegría.

La Srta. Binney no había tirado el diente a la basura y, además, había dibujado orejas y bigotes en su Q. A la maestra le gustaba la forma en que Ramona hacía la Q, de modo que, por seguro, también le gustaba Ramona. Había esperanza, después de todo.

—¡Cómo, Ramona!— La Sra. Quimby estaba sorprendida. —¡Has mudado un diente! ¿Cuándo fue eso?

—En la escuela,— dijo Ramona, —¡y aquí lo tienes!— Movió la carta frente a su mamá y luego la estudió con cuidado porque tenía deseos locos de poder leer todo lo escrito por la Srta. Binney. —Dice: "Querida Ramona Q.: Aquí va tu diente. Ojalá que el ratoncito te traiga un dólar. Te echo de menos y quiero que vuelvas al kindergarten. Besos y abrazos de la Srta. Binney".—

La Sra. Quimby sonrió y extendió la mano. —¿Por qué no me dejas que te la lea?

Ramona le dio la carta. Tal vez las palabras no eran exactamente las que ella había hecho ver que leía, pero estaba segura de que querían decir lo mismo.

—"Querida Ramona Q.:"— empezó la Sra. Quimby. E hizo el siguiente comentario: —Vaya, si hace la Q lo mismo que tú.

—Sigue, mami,— la instó Ramona, ansiosa de saber lo que realmente decía la carta.

La Sra. Quimby leyó: —"Siento mucho que se me olvidó darte tu diente, pero estoy segura de que el ratoncito comprenderá. ¿Cuándo vas a volver al kindergarten?"

A Ramona no le importaba que el ratoncito fuera o no fuera comprensivo. La Srta. Binney era comprensiva y nada más importaba. —¡Mañana, mami!— gritó. —¡Voy al kindergarten mañana!

—¡Mi buena hijita!— dijo la Sra. Quimby al tiempo que la abrazaba.

—No puede,— dijo el desinteresado Howie. —Mañana es sábado.

Ramona le dirigió una mirada de lástima a Howie, pero dijo: —Por favor, quédate a almorzar. Hoy no hay atún. Hay mantequilla de maní con jalea.

LOWELL SCHOOL
625 S. 7th ST.
SAN JOSE, CA 95112

LOWELL SCHOOL
625 S. 7th ST.
SAN JOSE, CA 95112